老鄉親

唐魯孫——著

目錄

饞人說饞——閱讀唐魯孫

逯耀東

前些時，去了一趟北京。在那裡住了十天。像過去在大陸行走一樣，既不探幽攬勝，也不學術掛鉤，兩肩擔一口，純粹採訪些真正人民的吃食。所以，在北京穿大街過胡同，確實吃了不少。但我非燕人，過去也沒在北京待過，不知這些吃食的舊時味，而且經過一次天翻地覆以後，又改變了多少，不由想起唐魯孫來。

七〇年代初，臺北文壇突然出了一位新進的老作家。所謂新進，過去從沒聽過他的名號。至於老，他操筆為文時，已經花甲開外了，他就是唐魯孫。民國六十一年《聯副》發表了一篇充滿「京味兒」的〈吃在北京〉，不僅引起老北京的蓴鱸之思，海內外一時傳誦。自此，唐魯孫不僅是位新進的老作家，又是一位多產的作家，從那時開始到他謝世的十餘年間，前後出版了十二冊談故鄉歲時風物，市廛風俗，飲食風尚，並兼談其他軼聞掌故的集子。

這些集子的內容雖然很駁雜，卻以飲食為主，百分之七十以上是談飲食的，唐魯孫對吃有這麼濃厚的興趣，而且又那麼執著，歸根結柢只有一個字，就是饞。他在〈烙盒子〉寫到：「前些時候，讀逯耀東先生談過天興居，於是把我饞人的饞蟲，勾了上來。」梁實秋先生讀了唐魯孫最初結集的《中國吃》，寫文章說：「中國人饞，也許北京人比較起來更饞。」唐魯孫的回應是：「在下忝為中國人，又是土生土長的北京人，可以夠得上饞中之饞了。」而且唐魯孫的親友原本就稱他為饞人。他說：「我的親友是饞人卓相的，後來朋友讀者覺得叫我饞人，有點難以啟齒，於是賜以佳名叫我美食家，其實說白了還是饞人。」其實，美食家和饞人還是有區別的。所謂的美食家自標身價，專挑貴的珍饈美味吃，饞人卻不忌嘴，什麼都吃，而且樣樣都吃得津津有味。唐魯孫是個饞人，饞是他寫作的動力。他寫的一系列談吃的文章，可謂之饞人說饞。

不過，唐魯孫的饞，不是普通的饞，其來有自；唐魯孫是旗人，原姓他他那氏，隸屬鑲紅旗的八旗子弟。曾祖長善，字樂初，官至廣東將軍。長善風雅好文，在廣東任上，曾招文廷式、梁鼎芬伴其二子共讀，後來四人都入翰林。長子志銳，字伯愚，次子志鈞，字仲魯，曾任兵部侍郎，同情康梁變法，戊戌六君常集會其家，慈禧聞之不悅，調派志鈞為伊犁將軍，遠赴新疆，後敕回，辛亥時遇刺。仲魯是唐魯孫的祖父，其名魯孫即緣於此。唐魯孫的曾叔祖父長敘，官至刑部次郎，其二女並選入宮侍光緒，為珍妃、瑾妃。珍、瑾二妃是唐魯孫的族姑祖母。民初，唐魯孫時七八歲，進宮向瑾太妃叩春節，被封為一品官職。唐魯孫的母親是李鶴年之女。李鶴年奉天義州人，道光二十年翰林，官至河南巡撫、河道總督、閩浙總督。

唐魯孫是世澤名門之後，世宦家族飲食服制皆有定規，隨便不得。唐魯孫說他家以蛋炒飯與青椒炒牛肉絲試家廚，合則錄用，且各有所司。小至家常吃的打滷麵也不能馬虎，要滷不瀉湯才算及格，吃麵必須麵一挑起就往嘴裡送，筷子一翻動，滷就瀉了。這是唐魯孫自小培植出的饞嘴的環境。不過，唐魯孫雖家住北京，可是他先世遊宦江浙、兩廣，遠及雲貴、川黔，成了東西南北的人。就飲食方面，嘗遍南甜北鹹，東辣西酸，口味不東不西，不南不北變成雜合菜了。這對唐魯孫這個饞人有個好處，以後吃遍天下都不挑嘴。

唐魯孫的父親過世得早，他十六七歲就要頂門立戶，跟外面交際應酬周旋，觥籌交錯，展開了他走出家門的個人的飲食經驗。唐魯孫二十出頭就出外工作，先武漢後上海，遊宦遍全國。他終於跨出北京城，東西看南北吃了，然其饞更甚於往日。他說他吃過江蘇里下河的鮰魚，松花江的白魚，就是沒有吃過青海的鰉魚。後來終於有一個機會一履斯土。他說：「時屆隆冬數九，地凍天寒，誰都願意在家過個闔家團圓的舒服年，有了這個人棄我取，可遇不可求的機會，自然欣然就道，冒寒西行。」唐魯孫這次「冒寒西行」，不僅吃到青海的鰉魚、烤犛牛肉，還在甘肅蘭州吃了全羊宴，唐魯孫真是為饞走天涯了。

民國三十五年，唐魯孫渡海來臺，初任臺北松山菸廠的廠長，後來又調任屏東菸廠，六十二年退休。退休後覺得無所事事，可以遣有生之涯。終於提筆為文，至於文章寫作的範圍，他說：「寡人有疾，自命好啖。別人也稱我饞人。所以，把以往吃過的旨酒名饌，寫點出來，就足夠自娛娛人的了。」於是饞人說饞就這樣問世了。唐魯孫說饞的文章，他最初的文友後來成為至交的夏元瑜說，唐魯孫以文字形容烹調的味道，「好像老殘遊記山水風光，形容黑妞的大鼓一般。」這是說唐魯孫的饞人談饞，不僅寫出吃的味道，並且以吃的場景，襯托出吃的情趣，這是很難有人能比較的。所以如此，唐魯孫說：「任何事物都講究個純真，自己的舌頭品出來的滋味，再用自己的手寫出來，似乎比捕風捉影寫出來的東西來得真實扼要些。」因此，唐魯孫將自己的飲食經驗真實扼要寫出來，正好填補他所經歷的那個時代，某些飲食資料的真空，成為研究這個時期飲食流變的第一手資料。

尤其臺灣過去半個世紀的飲食資料是一片空白，唐魯孫民國三十五年春天就來到臺灣，他的所見、所聞與所吃，經過饞人說饞的真實扼要的記錄，也可以看出其間飲食的流變。他說他初到臺灣，除了太平町延平北路，幾家穿廊圓拱，瓊室丹房的蓬來閣、新中華、小春園幾家大酒家外，想找個像樣的地方，又沒有酒女侑酒的飯館，可以說是鳳毛麟角，幾乎沒有。三十八年後，各地人士紛紛來臺，首先是廣東菜大行其道，四川菜隨後跟進，陝西泡饃居然也插上一腳，湘南菜鬧騰一陣後，雲南大薄片、湖北珍珠丸子、福建的紅糟海鮮，也都曾熱鬧一時。後來，又想吃膏腴肥濃的檔口菜，於是江浙菜又乘時而起，然後更將目標轉向淮揚菜。於是，金齏玉膾登場獻食，村童山老愛吃的山蔬野味，也紛紛雜陳。可以說集各地飲食之大成、彙南北口味為一爐，這是中國飲食在臺灣的一次混合。

不過，這些外地來的美饌，唐魯孫說吃起來總有似是而非的感覺，經遷徙的影響與材料的取得不同，已非舊時味了。於是饞人隨遇而安，就地取材解饞。唐魯孫在臺灣生活了三十多年，經常南來北往，橫走東西，發現不少臺灣在地的美味與小吃。他非常欣賞臺灣的海鮮，認為臺灣的海鮮集蘇浙閩粵海鮮的大成，而且尤有過之，他就以這些海鮮解饞了。除了海鮮，唐魯孫又尋覓各地的小吃。如四臣湯、碰舍龜、吉仔肉粽、米糕、虱目魚粥、美濃豬腳、臺東旭蝦等等，這些都是臺灣古早小吃，有些現在已經失傳。唐魯孫吃來津津有味，說來頭頭是道。他特別喜愛嘉義的魚翅肉羹與東港的蜂巢蝦仁。對於吃，唐魯孫兼容並蓄，而不獨沽一味。其實要吃，不僅要有好肚量，更要有遼闊的胸襟，不應有本土外來之殊，一視同仁。

唐魯孫寫中國飲食，雖然是饞人說饞，但饞人說饞有時也說出道理來。他說中國幅員廣寬，山川險阻，風土、人物、口味、氣候，有極大的不同，因各地供應飲膳材料不同，也有很大差異，形成不同區域都有自己獨特的口味，所謂南甜、北鹹、東辣、西酸，雖不盡然，但大致不離譜。他說中國菜的分類約可分為三大派系，就是山東、江蘇、廣東。按河流來說則是黃河、長江、珠江三大流域的菜系，這種中國菜的分類方法，基本上和我相似。我講中國歷史的發展與流變，即一城、一河、兩江。一城是長城，一河是黃河，兩江是長江與珠江。中國的歷史自上古與中古，近世與近代，漸漸由北向南過渡，中國飲食的發展與流變也寓其中。

唐魯孫寫饞人說饞，但最初其中還有載不動的鄉愁，但這種鄉愁經時間的沖刷，漸漸淡去。已把他鄉當故鄉，再沒有南北之分，本土與外來之別了。不過，他下筆卻非常謹慎。他說：「自重操筆墨生涯，自己規定一個原則，就是只談飲食遊樂，不及其他。以宦海浮沉了半個世紀，如果臧否時事人物惹些不必要的嚕嗦，豈不自找麻煩。」常言道：大隱隱於朝，小隱隱於市。唐魯孫卻隱於飲食之中，隨世間屈伸，雖然他自比饞人，卻是個樂天知命而又自足的人。

一九九九歲末寫於臺北糊塗齋

憶唐魯孫先生

高陽

民國以來，談掌故的巨擘，當推徐氏凌霄、一士昆仲，但專記燕京的遺聞軼事，風土人情者則必以震鈞的《天咫偶聞》為之冠。震鈞是滿洲人，姓瓜爾佳氏，字在廷，號涉江道人，生於清末，歿於民初，以他的其他著作，如《兩漢三國學案》《洛陽伽藍記鈎沉》等書來看，他不僅是「八旗才子」，實為「八旗學人」。

去世三年的唐魯孫先生，跟震鈞一樣，出身於滿洲的「八大貴族」，姓他他拉氏，隸屬鑲紅旗。他家跟漢人的淵源甚深，曾祖長善，字樂初，曾官廣州將軍。兩子一名志銳，字伯愚，一名志鈞，字仲魯。由「魯孫」之名，可以想見他是志鈞的文孫。

長善風雅好文，性喜獎掖後進，服官廣州時，招文廷式，梁鼎芬與其兩子共讀，後來都成了翰林，而且都是翁同龢的門生。長善之弟長敘，官至刑部侍郎，其兩女並選入宮，即為瑾妃、珍妃，為魯孫的祖姑。魯孫早年，常隨親長入宮「會親」，所以他記勝國遺聞，非道聽塗說者可比。

魯孫有二分之一的漢人血統，他的母親為曾任河南巡撫、河道總督、閩浙總督的李鶴年之女。李鶴年字子和，奉天義州人，道光二十五年翰林，服官頗有政聲，且精於風鑑，識拔宋慶、張曜，在恬不知恥的後期「淮軍」之外，允稱名將。

因此，唐魯孫先生能有以燕京種種切切為主的，這一套十二冊的全集，與震鈞的《天咫偶聞》先後媲美，真可謂由來有自。魯孫賦性開朗，虛衷服善，平生足跡遍海內，交遊極廣，且經歷過多種事業；以他的博聞強記、善體物情，晚年追敘其一生多彩多姿的閱歷及生活趣味，言人所未曾言，道人所不能道，十年之間，成就非凡；尤其是這份成就，出於退休的餘年，文名成於古稀以後，可謂異數，魯孫亦足以自豪了。

由於我在八旗制度上下過工夫，亦嗜口腹之欲，魯孫生前許我為可與言者之一。訂交以來，數共邀宴，每每接座，把杯傾談，不覺醺然，此樂何可再得？魯孫全集共十二冊，其中許多篇曾在《聯副》刊載；我常到《聯副》寫稿，近水樓臺，每先快睹；如今重讀，亦如「黃公酒壚」，不勝「視此雖近，邈若山河」之感。

老鄉親

何以遣有生之涯

我是民國六十二年二月退休的，時光彈指，老馬伏櫪，一眨眼已經退了十年多啦。

在沒有退休之前，有幾位退休的朋友跟我聊天，他們告訴我，剛一退休時光，每天早晨看見交通車一到，同事們一個個衣冠楚楚夾著公事包擠交通車，而自己乍還初服海闊天空，真有說不出自由自在勁兒，甭提心裡有多麼舒坦啦。可是再過年把，人家沒退休的同仁，加薪的加薪，晉級的晉級，薪俸袋裡的大鈔越來越厚，可是再摸摸自己的口袋越來越癟，退休優利存款更是日漸萎縮，當年豪氣一掃而光，反而天天要研究要怎樣收緊褲腰帶才能應付這開門七件大事矣。

生老病死是人人難免的，到了七老八十，紅份子雖然未見減少，可是白份子則日漸增多，自然每月跑殯儀館的次數，就更勤快啦，在殯儀館弔客中，當然有若干是退休的老朋友，有的數十年未見，雖然龐眉皓髮，可是沖襟宏度不減當年，也有些半年不見，身材腲腇，闇鈍愚騃，彷彿變了一個人一樣，我看了這樣情形之後，深自警悟，一種人是有生之涯有所寄託，一種人是渾渾噩噩，憂悶不快，精神未獲舒洩。

我在退休前兩年想過，整天忙東忙西的人驟然閒下來必定感覺手足無措，如何自我排遣，倒要好好考慮一番呢！寫字、畫畫是修心養性的好消遣，可惜擔任公職期間，因工作關係，右拇指主筋受傷，握管著力即痛楚不堪。想養點花草培植幾座盆栽，蝸居坐南朝北，樓欄除了盛暑偶露晴光外，一年之內難得有幾小時得到日照，這個計畫又難實現。

思來想去早年也曾舞文弄墨，只有走爬格子一途，可以不受時空限制。抗戰期間，又曾脫離過公職，悶來時也是寫點文稿來打發歲月，不過一恢復公職我就立刻停止寫作，一方面公務人員不可以隨便月旦人物時事，同時整天忙碌，抽不出空餘時間，也就鼓不起閒情逸致來寫作了。

自從重操筆墨生涯，自己規定一個原則，就是只談飲食遊樂，不及其他，良以宦海浮沉了半世紀，如果臧否時事人物，惹些不必要的嚕嗦，豈不自找麻煩。

寡人有疾，自命好啖，別人也稱我饞人，所以把以往吃過的旨海名饌寫點出來也就足夠自娛娛人的了。

先是在南北各大報章寫稿，承蒙各大主編不棄，很少打回票，稿費所入，足敷買薪之資，知友蓋仙夏元瑜道長，有一天靈機一動，忽然在中國時報人間副刊開闢了一個九老專欄，特請古物專家莊嚴，畫家白中錚，民俗收藏家孫家驥，國劇名家丁秉鐩，歷史專家蘇同炳，民俗文藝專家郭立誠，動物學家蓋仙夏元瑜，還有筆者幸附驥尾，也在裡頭窮攪和，每週各寫一篇，日積月累我居然爬了近二十萬字。

當時人間主編高信疆，他的夫人柯元馨正主持景象出版社，攛掇我整理之後，把那些小品分類出版，在民國六十五年我的處女作《中國吃》、《南北看》終於出乖露醜跟讀者見面啦。緊接著皇冠出版了《天下味》，時報出版公司出版了《故園情》。人家寫文章都是找資料，看參考書，還要看靈感在家不在家；我寫稿是興到為主，有時一口氣寫上五、六千字，有時東摸摸西看看十月半月不著一字，可是文章積少成多，六十九年十一月出版《老古董》，七十年八月出版了《大雜燴》、《酸甜苦辣鹹》，七十一年出版了《什錦拼盤》，七十二年出版了《說東道西》，以上幾部書都是委託大地出版社發行，想不到從六十五年到七十二年八月之間，居然東拉西扯寫了都百萬餘言，自己也想不到腦子裡曾經裝了那麼多雜七雜八的東西，拙作百分之七十是談吃，百分之三十是掌故，打算出到第十本就暫時擱筆。朋友們接近退休年齡的日漸增多，如果有興趣的話，不妨寫點不傷脾胃的小品文，倒也是打發歲月的好途徑呢！凡我同志，盍興乎來。

轉載自七十二年十月十二日中華生活

唐魯孫先生小傳

唐魯孫，本名葆森，魯孫是他的字。民國前三年九月十日生於北平。滿族鑲紅旗後裔，是清朝珍妃的姪孫。畢業於北平崇德中學、財政商業學校。擅長財稅行政及公司理財，曾任職於財稅機關，對於菸酒稅務稽徵管理有深刻認識。民國三十五年臺灣光復，隨岳父張柳丞先生來臺，任菸酒公賣局秘書。後歷任松山、嘉義、屏東等菸葉廠廠長。當年名噪一時的「雙喜」牌香煙，就是松山菸廠任內推出的。民國六十二年退休，計任公職四十餘年。

先生年輕時就隻身離家外出工作，遊遍全國各地，見多識廣，對民俗掌故知之甚詳，對北平傳統鄉土文化、風俗習慣及宮廷秘聞尤其瞭若指掌，被譽為民俗學家。再加上他出生貴冑之家，有機會出入宮廷，親歷皇家生活，習於品味家廚奇珍，又見多識廣，遍嘗各省獨特美味，對飲食有獨到的品味與見解。閒暇時往往對各家美食揣摩鑽研，改良創新，而有美食家之名。

先生公職退休之後，以其所見所聞進行雜文創作，六十五年起發表文章，民俗、美食成為其創作基調，內容豐富，引人入勝，斐然成章，自成一格。著作有《老古董》、《酸甜苦辣鹹》、《天下味》等十二部（皆為大地版）量多質精，允為一代雜文大家，而文中所傳達的精緻生活美學，更足以為後人典範。

民國七十二年，先生罹患尿毒症，晚年皆為此症所苦。民國七十四年，先生因病過世，享年七十七歲。

君子不鬍則不威

凡人皆有所偏好，往往少數人有某一種偏好，流風所及會影響到社會大眾。前些年，美國嬉皮們以留長頭髮作為他們的標誌，誰知道這一倡導不要緊，不但青年人把頭髮留成覆耳披肩，就連中年以上喜歡趕時髦強學少年的，也不在少數。

去年民國七十一年夏天我在舊金山住了一個短時期，特別到嬉皮發源地伯克萊大本營去巡禮一番，發現現代嬉皮們已經不是首如飛蓬的怪模樣，他們把長髮往後一攏，梳起各式各樣的小辮子來，為了跟小辮子配合，有些人已經留起鬍子來，並且表示今後十年，不是留長髮的天下，而是留大鬍子、小鬍子的世界啦。

談起留鬍子來，有的人贊成，有的人反對，見仁見智，說法各有不同。抗戰之前，北平有一位星象家闞耐日，第一次世界大戰他曾經擔任過駐法的華工譯員，因為他對五行星象淵海子平有深刻的研究，所以跟當時法國面相學家海根赫爾成了好朋友，海根說：「歐洲男士大都喜歡留鬍子，就面相學來說，何者不宜留鬍子，鬍子的式樣如何，還要跟面龐相配。最好是先找一張自己本身相片，把心愛的鬍型畫在相片上，如果畫出來顯得英俊瀟灑，那您不妨把鬍子留起來，倘若畫出來像馬戲班的小丑，那最好打消留鬍子的念頭算了。面色白皙、面龐清瘦的人，留起鬍子來不但無助於丰姿美觀，而且黑白分明，反而顯得人更羸弱。眉濃鬢重的人最好不留鬍子，否則人在背後一定罵你粗鄙不文。有些人牙齒突出，鼻樑扁塌自以為留起鬍子來可以遮醜，希伯來人有一句俗語是『鬍子遮醜醜更醜』。再則就是身材矮小的人也不宜於留鬍子，鬍子留得越長越顯得自己矮小。圓面孔的人留什麼樣鬍式都不好看。倒是長臉隆準是標準留大鬍子臉型；膚色黧黑、牙齒雪白那是留短髭最佳的面龐。」關耐日說：「海根的話，跟中國相書所載完全符合，真是令人不可思議。」

嘴上沒毛辦事不牢

中國老一輩兒的人，講究「君子不重則不威」，所以不管年齡大小，只要功成名就，或是兒女已經婚嫁，做了長輩，就應該把鬍子留起來了。留鬍子也有許多講究，太早留鬍子，老媽媽論說是剋父母，最早留鬍子的年齡是二十八歲，俗稱「二十八鬍」，人過中年，到了五十來歲，要是不留鬍子，又有人說閒話，笑您老有少心，還打算在外面招惹花花草草，心懷不軌了！

中國俗語說：「嘴上沒毛辦事不牢。」這句話雖然未必盡然，可是您若是跟道貌岸然、挺長鬍子的人打交道，多少要增加幾分足資信賴的心理吧！

男人到了相當年紀之後，由於生理上的關係，鬍子是越刮越硬，越刮越多，原是無可奈何的事，可是有些男士，認為留了鬍子有性格而且美觀。其實鬍子美不美，是要看留起來跟自己的面龐輪廓配合不配合，至於有些人因為面部有缺陷，特地留鬍子來遮掩，那就屬於例外啦。

女人十之八九是反對男人留鬍子的，如果您留個絡腮大鬍子，就是每天洗上幾次，因為談話噴出來的口涎，吃東西殘留在鬍子上的湯汁剩屑，再沾上點空氣中的塵土，難保沒有一些怪味。英國倫敦有一個婦女俱樂部，她們認為男人留鬍子是暴君式的昏庸舉動，會員們的先生是絕對不准留鬍子的。不過會員都是三十五歲少婦，大約一到四十歲出頭就紛紛退會啦，因為男人一過五十，就不太受太太們的羈勒，自己高興留就留，太太管不了，於是只好退會了。

大丈夫始有美髯

帝俄時代，皇家貴族、勳戚貴藩為了顯示儀容偉麗，有異塵俗，大家都留起千奇百怪的鬍子來，當時一些香水製造商絞盡腦汁研究出專為大鬍子、小短髭使用的不同香水來，為了表示跟一般女用香水有別，瓶樽以及噴頭設計，更是雕琢工巧，玲瓏剔透。筆者有一位舍親曾任洽克圖領事，他知道我喜歡收集香水，曾陸續給我買了二十多瓶鬍子專用香水，都是小瓶小罐。我的姑丈陶略侯留法多年鑽研酒類釀造，對於香水製造經驗更豐，他看了我的鬍子香水，認為其中大多數是動物香精，少數是植物花蜜，噴頭之細巧晶瑩，真令人目迷，至於氣味之蘊藉儼雅，遠非巴黎香水濃郁馥烈能望其萬一。千方百計製造出這些晚馤幽香，無非是設法掩去鬍子不潔氣味而已。

鬍子長在臉上雖然毫無用處，並且增加異性的困擾，亂毛叢中偶親芳澤，會把朱唇玉面，揉蹭得唇暈釵橫，花容失色，所以十個女性就有九個討厭留鬍子的男士。至於影星克拉克・蓋博、大衛・尼文那一類風流小鬍，當時電影界有位名演員人稱黑眼圈談瑛，她說：「人的口味不同，有人喜歡吃酸的，有人喜歡吃辣的，上唇留一撮小鬍子，帶有一些刺激性，不是挺有味道的辣椒嗎？」可惜她嫁給沒有鬍子的程步高終於分手，大概是嫌程不夠刺激吧！法國梟雄拿破崙立他弟弟路易為荷蘭王之後，這位荷蘭王妃不但天天給路易修剪清洗美髯，就連伺候她的內侍，也都是鬢髯如戟，再不然也是鬢髭如雲的偉丈夫。她說：「大丈夫必須留有美髯，才能顯露出英雄氣概。」由此可見，人的觀感、愛好是各有不同的。

羅馬尤利烏斯・凱撒大帝身材瘦小，鬍子又是臥橋，登上皇帝寶座時年紀又輕，深恐臣民對他輕視不敬，他發現供奉在大神殿的「宙斯」神像，頦下部一副絡腮鬍鬚，用純金線織成，黝顏焜耀，鬖鬖有光，就異想天開，何不也打造一副腮鬚，在國家有重大慶典時裝扮起來，肅我神姿，以振朝儀呢！於是立刻以二點八公克純金，打造一副鬍鬚，凡是公開場合，他總是帶上假髯，正式亮相，從此覺得自己平添無限神威。可惜有一次因牙痛忘記帶上假髯，終於在宮廷上被人刺殺。可見古代帝王，不論中外都要留有鬍子，才顯出帝王之尊莊嚴神武呢！現在那副純金鬍子套還擺在羅馬博物館供人憑弔呢！中國古代以鬍子漂亮出名的，首推三國時代美髯公關雲長。無論是說部戲劇，甚至民間供奉的泥塑瓷燒木雕，都說他鬍鬚長可及腹，黑油油，亮晶晶，五綹長髯，飄拂胸前，加上漢壽亭侯的綠袍金甲、冷豔鋸、赤兔馬威武莊嚴，在群眾心理上，像關雲長的長髯，不但表示我武維揚的精神，而且還有神聖不可侵犯的意味呢！

鬍子老倌列英雄

另一位古人是髯翁蘇東坡了，蘇軾的大鬍子，不但他的好友如佛印、秦少游等人時常拿來調侃，就是蘇小妹也時常以她令兄那把鬍子作戲謔的對象。我在徐州看見過一幅蘇東坡跟叔黨父子石刻拓片，蘇東坡的鬍子蓬鬆滿面，有若鍾馗，跟想像中的俊爽清曠就大異其趣了。

關雲長、蘇東坡兩位古代先賢的鬍子如何，因為我們去古已遠，一切不過得自耳聞，姑且不談，現在談談我親自見過的美髯公，一位是年二十七罷官的梁鼎芬（星海）。梁是清末民初有名的大鬍子，他鬢髮蒼白可是深淺相等，他兩頰永遠紅潤光致，襯托得色調非常柔和。他衣著雖然不甚講究，可是他胸前這把長髯永遠是斐斐有光。據說他有一位如夫人，每天早晚兩次給他用藥水洗滌掭通，所以他的鬍子一直是青遒粹美的。

民國十八年，在南京國民政府舉行一次盛大會議，已故黨國元老于右任、柏文蔚、戴傳賢三位先生坐在一起照相，三位都留有鬍子。于、柏兩位都是三綹美髯，于長柏短，戴先生則是整齊的短髭，大家說這一套大小鬍子各有各的丰采。三十六年渡海來臺，詩人曾今可組織臺灣詩壇，又得再親右老道範，他的三綹已經變為五綹，長可及胸，白如銀絲，根根可數，望之如神仙中人，只是靠近下唇少許銀絲，稍呈灰黃。我知此地無川西壩子上出產的金堂煙，他把普通捲煙的煙絲當旱煙抽，這種加過香料的煙絲噴出煙來，自然容易把銀鬚薰黃。我於是把臺產廢碎菸葉的尖子，稍加純蜂蜜加工復薰，送給右老品吸。右老認為我的製品雖比不上柳葉能「止咳化痰」，可是抽了之後，痰已減少，倒是真的。這種加工葉子煙，雖比不上金堂柳葉，慰情聊勝於無，多年過後右老頦下長髯，居然又恢復其白勝雪，沒有灰黃顏色羼雜其間了。

中國人最喜歡拿鬍子開玩笑，已故國畫大師張大千在而立之年，已經是于思于思，飄髯滿胸了，友儕拿他鬍子開玩笑，他就把關公訓子一段故事拿出來當擋箭牌，他說：「為父一生匡扶漢室，忠心保國，過五關，斬六將，斬顏良，誅文醜，壩橋挑袍，保嫂尋兄，都是功勳蓋世、義薄雲天大事業，你一概不提，只記得你爸爸一把大鬍子，未免太沒有出息了。」他這一段笑話，可算替天下鬍子老倌，出了一口怨氣。

八年抗戰清潔溜溜

抗戰之前，我在上海眾業公所擔任經紀人，當時在交易所進出的中外人士，年齡大都四十、五十之間，只有在下是不到三十歲，為免被人譏為少不更事，於是我就想把鬍子留起來。上海有位精於六壬兼長命理的星象專家黃喬松，特地向他請教，那年我正好二十八歲，黃說：「照命相合參，你立刻留起鬍鬚來，不但免於破財，還可以免去一場災難。」我聽了他的批解，真的把鬍子留起來。自從留了鬍子，碰到喜歡說笑的朋友，總拿比上不足比下有餘一類笑話開我玩笑。我有一位揚州朋友吳孝萱，在交易所裡以最愛說刻薄話出名，大家都叫他吳小鬼。他告訴我，跟留鬍子的人開玩笑，以「騷鬍子」為限，超過這個限度，你就可以反擊了。「你說：『你們大家不要跟鬍子老倌玩笑開得太過分了，請你們回到家中祠堂裡，請出令祖、令尊的喜容來瞻拜一番，看看乃祖、若父是光下巴還是留有鬍子的，如果都是光下巴老公嘴（留不起鬍子的人，俗稱老公嘴），再請出曾祖、高曾祖遺容來看看，你家總不至於代代都是短命鬼，總有一代老祖宗是留鬍子的吧！』」

我年輕時雖然喜歡說說笑笑，但跟人開玩笑以點到為止，而且總要留一點空隙，好讓人還繃子（還嘴的意思），風趣而不失敦厚，才有意思。我的鬍子時而短髭，時而專留下海，留了幾近八年，等勝利鞭炮一響，立刻把滿面于思于思一掃而光，還我初服。因為留了若干年的鬍子，一下子刮個清潔溜溜，偶或摸一下嘴唇還覺得怪怪的呢！至於吳小鬼教我那一套擋箭牌說詞，我總覺得過分刻毒，有失敦仁之旨，始終沒拿出來當擋箭牌派上用場呢！

調鷹縱犬話行圍

從前打獵，最少也要十位八位才夠一撥，有時候七八十口集體行動，所以打獵又叫行圍。打獵最好的季節是秋末冬初，那時候鴻雁、天鵝、雉雞、麇兔都是最肥美的獵物；草木凋零，原野空蕩，視線遼闊，最利行圍畋獵。

中國人很早就懂得調鷹縱犬去打獵了，晉朝葛稚川《西京雜記》裡說：「茂陵少年李亨好馳駿狗逐狡獸，或以鷹鷂逐雉兔。」能夠打獵的鷹犬，都是經過嚴格訓練，才能追奔逐北斬獲獵物的。筆者少年好弄，家表兄王雲驤又是打獵能手，我們二人志同道合，每年一過春節就盤算如何調鷹弄犬，準備秋季行圍，痛痛快快打點野味了。舍下有兩個打更的，一個叫牛振甫，一個叫馬文良，原先是謨貝子府護院的小徒弟，謨貝子故後，就被舉薦到舍下來了。兩人都經過名師指點，武功拳腳都很敏捷。謨貝子在世的時候，每年到西山畋獵，都少不了要帶他們去護獵。牛振甫是馬勞子兼狗把兒（養鳥兒的叫鳥把式，養魚的叫魚把式，拴車的叫車把式，養馬的不叫馬把式叫馬勞子，養狗的叫狗把兒），馬文良是鳥把式兼鷹把式。

清初狩獵的犬是藏獒或是關東歡犬，後來能打獵的狗都叫細犬，其實就是經過訓練的土狗，不過挑選特別機警雄壯的而已。在北平狗市賣的，除了哈巴狗兒，就是小型土種狗，偶或有一、兩隻韃子狗，都已長大沒法訓練了，所以一般人養的細犬，不是花錢買的，十之八九都是偷來的。因此狗把兒得有三宗本事：相犬、訓犬，外帶還得會偷犬。

狗把兒平日沒事就得在大街小巷裡胡亂遛達，對當街打盹兒的狗、撒歡的狗，狗把兒一看認為品種不錯，可以訓練成材，便暗地裡把位址記下來了，等到風雪之夜，路靜人稀，換上絮棉花的皮板短衣褲，外面罩上一件又肥又大的老羊皮襖，在深更半夜找到他所要偷的狗；先在狗的附近尋摸一番，看看左右沒人，然後走到狗的眼前，把身子用足力氣來個快速大轉身，把大皮襖鼓蕩成一把張開的傘形，往下一坐。這個坐式叫老虎大委寓，要有相當經驗，輕重急徐都要拿捏得恰到好處；坐穩之後，聽到狗哼哼兩聲，悶了過去，然後雙手一抄，把狗裹在大皮襖裡，人不知鬼不覺的抄了回去。到了家，把狗的四肢綁在抱柱或村上，嘴用細鐵鍊一箍，馬上拿快夾剪把狗的耳朵齊根剪掉，用燒紅的烙鐵，在傷口上一烙，上點治傷藥，血止了，狗也還醒過來了。據說做過這一番手腳，狗就把以前的事全部都忘掉，可以死心塌地效忠新主人了。這些鬼門道，狗把兒是不隨便告訴人的。

打獵的鷹，有身分的人，講究用關外的海東青，一般海東青都是頭藍背青，產於吉林深山叢林裡。寧古塔有一種羽毛純白，一種帶棕色斑點的叫芝麻鵰；這兩種鷹，性情凶悍，飛如閃電，喙似鐵鏃，爪如鋼鉤，搏取麞兔，有如探囊。據說乾隆皇帝蓄有一隻海東青，全身純白無一雜毛，兩翼張開，有四尺多寬，因為體型巨大，不能臂擎，而用車駕。乾隆有一年在木蘭圍場狩獵，此鷹曾噎虎裂熊，後來乾隆手諭內廷供奉郎世寧把這隻白鵰站在鷹架上的雄姿畫了下來（**此畫現藏故宮博物院**）。至於一般人打獵的鷹，不外是黃鷹或蒼鷹，如果能得到一隻在山海關裡或是關外出產的鷹，已經算是不可多得的名種啦！鷹的重量最好是三十兩上下最標準，太輕氣短力弱，不能耐戰；太重腦滿腸肥，要肚子裡油耗得差不多，才能著手訓練，這種肥鷹自然訓練起來費時費事多啦。

鷹把式訓練野鷹，先用棉繩拴住它一條腿，用布把鷹翅膀包起來，白天往空屋子裡一扔，隨它去盡量撲騰不去管它；到了掌燈，野鷹掙扎了一整天，已經筋疲力盡，正想打盹，鷹把式點亮燈火，把它放在鷹架上，用燈光照射，只要它一閉眼，就用小竹棍在腦門子敲打敲打，不讓它睡覺，耗個三五天下來，野性再大的鷹也熬得野性全失，乖乖就範。在熬鷹期間，為了補充它的體力，要餵它牛肉吃，先把牛肉在水裡泡得發白，切成細條來餵，據說這是清它內火去野性的，等到鷹的糞便不拉綠稀水，這就表示野性已退，火氣全消；這時候改用細麻繩拴白菜葉給它吃，起初必定不肯吃，就要用強，硬往嘴裡塞，吃下去再拉出來，旨在刮光了它的腸油，腸油刮淨，才能訓練。開始訓練時，先用眼罩把它雙目罩上，頭再用黑布蒙上，野鷹必定又跳又蹦，在空屋裡牆上釘上三兩隻草把子，讓它站在上面，它一定不肯，久而久之折騰累了，才肯落在草把子上休息；性子最長的野鷹，這樣耗它十天之後，再用拉長的細繩拴住它一隻腳，讓它飛出打盤兒找野食。有的人甚至做假雉、假兔，藏在草叢、石隙讓它捉捕，成了習慣，出獵的時候自然操縱自如了。

我們既有得用的把式，鷹犬都是經過嚴格訓練的，打獵應用的獵具，如鉤竿子、馬燈、手電筒、木槓子、粗細繩子、獵槍、水壺、乾糧袋、醫藥箱、露營的帳篷準備齊全，不期而集的友好居然有二十多位；一應用具都放在一輛帶篷的大敞車上，由牛馬二人押首車到京西紅山口安營紮寨。我們一行出了西直門都改騎小驢，一面逛青，一面試試小驢的腳程，到紅山口聚齊，直奔我家祖塋紅山口過去的六里屯，墳少爺陳萬福早已趕來墳地陽宅伺應。大批人馬一到，立刻給我們一行打洗臉水，沏好茶，大家卸車餵牲口、拴狗、放鷹，一切停當也就該吃晚飯了。鄉下也沒什麼好吃的，無非是烙餅攤雞蛋、貼餅子、小米粥、水疙瘩，就算是一頓美食了。

陳萬福把附近地形詳細告訴大家一遍：東南平壤有時發現雞窩、兔子洞，北揚河（**地名**）是條六、七丈寬的小河，有野鴨子一類水禽翔泳水面，西邊筆架山是雉雞、竹雞大本營，望兒山除了山雞，還有狗獾、豬獾、野豬、獐、狐一類。野豬力猛性暴，要有三桿槍迎頭痛擊才能打它，如果火力不足千萬不要惹它，因為有豬獾在附近出沒，可能有土狼聞到氣味前來覓食，千萬小心。

第二天破曉，大家分兩撥出發，我同牛振甫帶了關氏兄弟兩桿沙子槍、兩桿線槍直奔北揚河。小河晨霧冥冥，水氣澄鮮，牛振甫站在岸邊撿了兩塊小石頭，往葦塘裡一扔，立刻驚起了五六隻野鴨。我跟牛振甫一按槍機，應聲打下了三隻，此時關氏兄弟已把線槍灌了火藥，鴨群聞聲飛竄，他們迎頭一擊，又是四隻應聲墜地，另外有兩隻掉在蓼渚蘆灣裡。我們的獵犬倒也機警迅捷，發揮了很大作用，泅入水塘把兩隻野鴨統統叼了回來。一共打了九隻野鴨，總算不虛此行，見好就收，班師而回。等趕到筆架山，他們的戰果也很豐碩，打了三隻雉雞、四隻竹雞，兩撥人馬移師望兒山，獵犬又捕獲一隻豬獾，另外有七八個人正圍著一片屹屼的叢岩，放出兩隻鷹在半空打盤，獵犬在峭坡岩縫左近喧豗，說是有一隻棕色肥兔藏在石縫裡，鷹抓不到，狗咬不著，雙方在那裡乾耗。我忽然想起背包裡不是有一支打泥彈兒的軟彈弓子嗎？何妨拿出來一試。頭一彈打在石縫上方，泥片四散，嚇得那隻兔子一哆嗦，第二彈打在它的後胯上，它往外一竄，立刻被獵犬叼住後腿，雖然又被掙脫，可是跑不掉，終於就擒。

雲驤表兄說：「在青龍、橋圓明園之間，有個地名叫大有莊，當地人種一種紫色刀豆，是野兔最愛吃的一種食糧。」每年他單人獨騎也能打到幾隻野兔。於是我們大隊人馬又開到大有莊，果然在一座黃土崗上，找到了一個兔子窩，鷹抓狗咬居然又打了兩大三小肥野兔，此行斬獲頗豐，大家高高興興齊唱凱歌班師回家。在海淀鎮外琵琶湖又意外打了兩隻野鴨子。王雲驤依照歷年往例，進城之前，在阜城門官廂蝦米居請大家吃一頓慶功宴。阜城門外蝦米居是西郊著名的野酒館兒，專賣保定府的乾酢兒（土紹酒），後院緊靠一條活水小溪，他用魚網養著若干小河蝦，隨吃隨撈，因此熗河蝦也極新鮮。王雲驤是每年秋天必定到西郊出幾次獵，專打山雞野兔，回來不論早晚總要在蝦米居打尖。山雞收拾乾淨，用薑、蔥、木耳勾芡一溜，一大盤熗活蝦。他每年打來的兔子，也是連皮帶肉都送給蝦米居東夥打牙祭，他僅僅要兔子的後腿，送到府門恆順醬園，往後院醬缸裡一醃，第二年把醬兔腿拿出來下酒。吃這種帶野意的野味，是城裡大飯莊、大飯館無論如何享受不到的。

第二年，本想再跟雲驤表兄秋郊畋獵，可惜他隨侍雙親赴東北大學講學，打獵找不到好伴，興趣也就索然了。等到橐筆從公，整年忙得暈頭轉向，哪還有閒情去打獵。渡海來臺，偶然間有幾位喜歡打獵的朋友，約我到高雄縣的六龜打獵，雖然也打了兩隻果子狸、幾隻竹雞、一隻麅子，既無鷹犬，全憑氣槍，情調完全不同。撫今追昔，更令人興起無限悵惘。等將來回大陸，鷹飛狗烹，自己也跑不動了，再有人談到行圍打獵，無非徒殷結想而已。

盤鴿子、養蟈蟈

早年養鴿子是年輕人的消閒之一。依據北平媽媽論來說，鴿子屬於鳩類，有野鴿、家鴿之分；野鴿又叫婁鴿，在田野雖然專吃五穀雜糧，在農人眼光裡屬於害鳥，可是飛到城裡，在人家屋簷下一搭窩，主人家卻認為財丁兩旺，才有婁鴿來捧場。來不及用木板釘釘錘錘給它建造新居，就是遺矢滿地，主人也毫無怨言。

家鴿是野鴿的變種，形態羽毛，種類甚多，不但續航能力持久，而且記憶力特強，縱然翻山越岩飛翔千里，照樣不會迷途，飛回原地。因此清軍入關前後，都訓練鴿子傳書遞柬；所以清朝定鼎中原，八旗子弟養鴿子來玩，家裡是不加禁止的。

養鴿子名堂很多，他們不叫養鴿子，而叫盤鴿子。二十四隻叫一撥，要盤最少兩撥，飛起來成行列隊才壯觀好看。鴿子窩一定要搭在前庭的跨院，或是馬圈裡，不能跟正房成直線，免得壓了家主的鴻運。鴿子籠不論十層八層、三排五列，一律是坐北朝南，取其向陽通風，窩內乾燥，上則防雨遮陽，下則避鼬鼠、阻狸貓。

聽北平崇文門外三里河一位崔姓鴿把式說：「在咸豐、同治年間，鴿子市在崇外花兒市大街，蜀錦吳綾，宮梅蝶豔，跟一些提籠駕鳥、歪戴帽、挽袖頭的朋友在一塊兒擠擠蹭蹭，日子長了，自然免不了是是非非。」賣絨花、絹花的跟後宮粉黛，多少都能拉上點關係，於是把賣鴿子的人擠出了花兒市。這批人也不是什麼好吃果子、省油燈，有幾個得寵太監給他們撐腰，於是他們反而搬到內城的馬市大街鵓鴿市一帶，比在花兒市生意更好。普通一點的鴿子有點子、玉翅、鳳頭白、兩頭烏、紫醬、雪花、銀尾子、四塊玉、喜鵲、花跟頭、花脖子、道士帽、倒插兒等名堂；夠得上珍貴的有短嘴、白鷺鷥、白烏牛、鐵牛、青毛鶴、秀蟾眼、灰七星、皂背、銅背、麻背、銀楞、麒麟斑、躧雲盤、藍盤、鸚嘴、白鸚嘴、紫烏、紫點子、紫玉翅、烏頭、鐵翅、玉環等名色。當年濤貝勒的公子金盤卿，在鴿子市買銀楞、鐵翅、紫點子各一對，半賣半讓還花了六百塊大洋。民國十二、三年六百塊銀元可以買二十多畝上則田，由此可知，名種鴿子是什麼身價了。

盤鴿子的每天早晚兩次，必須把鴿子趕上天去圍著自己屋子繞，越飛越高，名為打盤。鴿子如果不這樣訓練，腦滿腸肥就成廢物了。放鴿子之前，先分撥，二十四隻一撥，要分隻放上去打盤，每撥要選幾隻特別健壯的雄鴿，在尾部綁上「壺盧」，又叫哨子。壺盧有大小之分，哨子有三聯、五聯、十三星、十一眼、雙鳧連環、眾星捧月之別，在天空翛翛翽翽，五音交奏，響徹雲霄，真可以悅耳陶情。

北平盤鴿子隻數之多，首推永康胡同張恩煜。他是前清宮監小德張的嗣子，有一所跨院，完全改成鴿舍，有三個把式伺候他的一千多隻鴿子。他每天放鴿子兩次，回來點數，總要短少十隻八隻，都是讓別人家的鴿子裹去了，好在他的鴿子生生不已，每次丟個十隻八隻，算不了什麼。所以玩鴿子的朋友，給他起個外號，叫他「傻二哥」。

金盤卿住在山老胡同，他買的銀楞、鐵翅都是傻二哥鴿群的剋星，他們住在北城，只要傻二哥一放鴿子，金盤卿的鴿子準定也放上去，三五個盤旋，傻二哥的鴿群一迷糊，就讓銀楞、鐵翅這一幫給裹回來了，每次總有十隻八隻。有一次我到金盤卿的鴿舍看鴿子，他指給我看有一排鴿樓，其中兩三百隻都是裹回來的。照規矩，裹來的鴿子如果知道是誰家的應當把鴿子送還，偏偏張恩煜認為鴿子讓人家給架了去丟臉，死不承認，所以才有成群的鴿子讓別人餵養的怪事。

馬廠鐘楊家也是北平盤鴿子名家，清廷的鐘錶都由他家供應修繕，事情清閒，油水足，所以聲色犬馬，他家樣樣有份兒。他家盤鴿子能手叫楊厚厂，永遠保持六撥鴿子，講究精兵主義，鴿子放起後，忽分忽合，自成戰陣，非常美觀。名伶余叔岩也有盤鴿子的嗜好，總想跟鐘楊家討教訓練鴿子的方法，楊厚厂就是不肯跟叔岩說，後來他背後跟人談論，他說：「清晨鴿子眼神足，才容易接受訓練，余叔岩日上三竿還沒起床，是沒法訓練的；同時余叔岩自視甚高，又沿襲譚叫天的惡習，說個腔，做個身段，他不是推三阻四，就是藏頭露尾，揣起來半手，咱們也讓他嘗嘗拿翹是什麼滋味！」所以大家都說楊厚厂有骨氣。

梅蘭芳在蘆草園住的時候，就養了一撥鴿子，後來搬到無量大人胡同綴玉軒住，仍舊養鴿子。有一天他給李世芳說《刺虎》洞房走矬步身段，他說：「吃這行飯，眼神一定要靈活，可惜咱們都患有近視，雖然不是太深，可是散而不攏，對於面部表情就打了折扣，每天清晨放放鴿子，眼神跟天空的鴿子上下翱翔，能練得眼神收攏，就不大看得出近視了。」

後來上海名伶趙君玉、劉筱衡聽到了都養起鴿子來。趙君玉有一對鴿子叫玉嬌娘，從頭到尾，其白勝雪，沒有一根雜毛，在鴿友滬寧長途賽中，不但奪得冠軍，比第二名要早到四十幾分鐘呢！

近十多年來，養鴿之風非常盛行，嘉、南、高、屏等地高樓大廈上架鴿舍隨處可見，飛航途程遠至日本琉球，得勝所獲獎金動輒若干萬，跟大陸當年盤鴿子是為了怡情悅目的情調完全兩樣了。

蟲鳴鳥叫，都是有關時令的，中國人有些有錢有閒、懂得生活藝術的，偏偏能夠人力勝天，把蟲鳴鳥叫的時序轉變過來。福開森曾經說過，中國人最懂得生活情趣的，證之養蟈蟈就可以窺其大概了。北平荷花市場一開始營業，就有蟈蟈沿街叫賣了；家裡有餵奶的孩子，大人上街遇見賣蟈蟈兒的總要買三兩隻，裝在葦稈做的籠兒裡帶回來掛在屋簷下聽蟈蟈兒叫。這時候的蟈蟈實大聲洪，天越熱叫得越歡，據說小孩聽了蟈蟈叫的聲音，不會得疳積病。

蟈蟈鄉下叫聒聒兒，實際正名叫螻蟈，顏色分綠、褐兩色，天氣越涼，蟈蟈兒身價越高。夏天一兩枚銅元就可以買一隻蟈蟈；中秋節前還有賣蛐蛐油葫蘆的小販，一交立冬，您要想養蟈蟈，那您得跑趟豐台，有幾家花洞子暖房還能買到蟈蟈，不過那時候蟈蟈的身價今非昔比，沒有八塊十塊銀元，人家是不肯割愛的。

養蛐蛐講究永樂官窯、趙子玉、淡園主人、靜軒主人紅澄漿、白澄漿的蛐蛐罐。養蟈蟈要出色的葫蘆，遂園主人六角葫蘆，從葫蘆剛一往上竄，他就用松木板把葫蘆繩起來了。恨天高楊二腰子葫蘆，雖然他是個三寸丁，可是心思極為細密，腰子葫蘆、扁葫蘆揣在懷裡都不佔地方。楊二拐的袖珍葫蘆小巧玲瓏，更是懷中寶貝，配上造辦處德子紫檀鑲虬角、駝骨嵌象牙、雕紅鐫山水的葫蘆蓋，再以荷包滿（人名）做的襯絨實衲套，冬日向陽，陳列在玻璃前、鋪上絨氈子大條案上，一邊看蟈蟈晒太陽，伸鬚彈腿夔立迤進雄姿柔態，一邊欣賞木刻金鏤、珠切象磋、珍奇罽犀的蟈蟈葫蘆，個中樂趣，只能跟同好談，不能為外人道的。

冬天養蟈蟈，能揣著蟈蟈葫蘆，照樣外出辦事毫無妨礙才算個中能手。葫蘆裡面天天清潔一次，同時還要用淡淡的龍井茶洗涮一番，然後晒乾或烤乾，讓蟈蟈進駐。當年清廷寧壽宮有個看宮太監崔得貴，他研究用膠泥燒出像枕頭型的樏盒，裡頭放上燒紅的炭基，把蟈蟈葫蘆排在上面來烘，效果極好，宮裡宮外，凡是養蟈蟈的都以得到崔俺答的這種樏盒為榮，大家並且同賜嘉名「玉溫枕」。抗戰之前，北平北海公園裡鑑古山房就陳列一具「玉溫枕」出售，上海藏瓷名家李木公看它彩符蟠屈，式樣奇古，可是猜不出用途，經我說明，他以四百元買回去，留待酷寒時溫筆潤墨。玉溫枕用有別途，這是崔太監當年絕對想不到的。

冬天揣蟈蟈葫蘆，一定要有特製絨背心，還要在左右釘滿了大大小小的口袋，外面穿大長袍、大皮襖，再繫上褡膊。有本事的行家，筆者看見過一次揣上二十七隻大小葫蘆，而依然能夠動作自如，真可以說是絕技了。

當年北平財政商業專科學校，在馬大人胡同買了一所王公舊邸當校舍。府邸西花園有一處叫又一村，山坡上有一座像玩具大小的城堡，類似迷你型小土地廟，大家叫它蟈蟈墳。據說廟裡一座小寶頂，裡頭埋的就是此屋小主人一隻心愛的蟈蟈，你說他玩物喪志也可，你說雅人深致也對，總之中國人的生活藝術，是很難讓人蠡測的。

狗把、自行車、到亡國

清代鑑於前朝之失，自立國不久就不採用設立儲君制度了，所有阿哥、格格們未到分宮年齡，都是依母而居的。

他們和她們平日幽居深宮究竟怎樣的玩法，官文書中固然沒有記載，就是私家札記、隨筆也很少人談到，縱或有談到的，也不過是一鱗半爪而已。

溥儀未出宮前，宮裡有個小太監叫崔福善，是當年權傾一時總管崔玉貴的裔孫。小崔七歲淨身入宮，跟宣統同年，雖然方在髫齔，可是耳濡目染，已懂得忠君衛主之道啦。

先是對狗有興趣

清宮阿哥們從六七歲開蒙入學，除了要勻出一部分時間學習揖讓進退、趨庭朝儀之外，清朝是以馬上治天下的，因此皇子們從小就要學習拉弓馳馬，精研騎射，認為是必修課程。照以上情形看起來，他們每天玩耍的時間，實在太有限了。崔福善原本是派在溥儀身邊，陪萬歲爺玩的，相處日久，有時萬歲爺鬧起皇帝脾氣來，小崔婉言相勸他倒也能夠接受。哪知到了大婚前一年，溥儀因為中英文師傅們的矯揉造作、迂腐囁嚅行徑，幾位太妃們囉唆黯淺的管教，逼得他鬱悒難伸。苦悶之餘，於是讓宮監以重金在外間買了幾隻韓盧宋鵲、藏獒細犬，並且雇了幾名狗把兒分別加以訓練。只要溥儀衝著誰一努嘴，那些凶猛殘暴的東西就一撲而上，裂衣撕履，雖不傷人，可也把人嚇個半死。

有一年春節除夕，珣貴妃的侄孫女翠格入宮辭歲，在長街恰好跟溥儀相遇，天街漫長，無處可以迴避，只有轉向牆隅，讓過兀立。俗語有句「狗仗人勢」，這批藏獒竟然猛撲而前，嗲嗲咻咻，把擋在前面的兩名小太監的衣履扯得鎧歪甲斜，翠格鬢散釵墜，花容失色。幸虧這批惡煞只撕衣物而不傷人，翠格回去嚇得大病一場，幾乎送了小命。崔福善對這種以犬弄人的惡作劇頗不以為然，勸阻個若干次，哪知這次說話較重觸犯聖怒，一氣之下把他調在御花園降雪軒當差。筆者每次進宮，到了午睡時間，總要到降雪軒找崔福善東拉西扯聊一陣子。他說聽他祖父說過，未分宮皇子在十五歲以前，除了下弓房拉弓、穩馬步、長臂力、練準頭之外，踢毽子、跳繩、釣魚、盪秋千、滾鐵環、抖空竹都是常練的玩藝。踢毽子是練腰勁，跳繩練腿功，釣魚練定力，盪秋千練暈高，滾鐵環練視力，抖空竹是練臂力，這些玩藝都是對身體各部門器官有益處，而且對於戰陣弓馬都有幫助的。

養狗可以，習武不行

傳說雍正在御極之前，曾更名改姓在嵩山少林寺習武，並且跟江南八俠結怨，疑真疑假，傳說紛紜。不過歷代皇子流傳下來的玩具，有雍正童年所刨的毽子兩枚，份量之重有如一隻半斤重石卵，儘管腰腿勁足，也跳不過十個。另外一副抖空竹的鑌鐵桿子，也是皇四子遺物，份量更是重得驚人。這些遊戲崔福善當年雖然也都陪溥儀玩過，可是小皇上沒有長性，加上視力不佳，所以這些遊戲都引不起他的興趣來。

自從溥儀縱犬噬人，四位太妃恐怕他闖出更大的禍事來，於是諭知宮內各處，一律不准飼養凶獒藏犬，要養也只能養幾隻袖犬叭兒狗玩玩。所以到後來馮玉祥逼宮，溥儀、婉容、淑妃三個人一共養了各式各樣北京狗三四十隻，雖然都帶出宮來養在什剎海醇親王府裡，王府怎比宮禁，自然養不下若許叭兒狗，於是設法送人。朗貝勒府得到一隻灰色長毛獅子狗，頭大腿短，頗具異相，可是抱回來之後，餵什麼都不吃，後來跟原來餵養的小太監打聽這隻狗平常吃些什麼？據說這隻狗食量極小，每天只吃燻小雞的半條雞腿。這種事讓人聽了真是啼笑皆非，後來這隻狗芳蹤何處，也就沒有人去注意了。

名牌單車皇帝上座

溥儀在大婚之前忽然喜歡玩起自行車來，一時歐美名牌單車，有美皆備，無麗不臻，又把北平騎術最精的名手小李三召進宮去，一方面請他教導騎術，另一方面見識見識他超群的特技。起初是在日精門、月華門兩趟長街練車，御路平坦，其直如矢，本來是練車最佳場所，無奈溥儀生性好動，總想騎著車到各宮遛達遛達，誇耀一番。誰知各宮都有很高的木頭門檻，無法通行無阻，於是讓內務府的木工把各宮的門檻各砍去一節，以利自行車通行，偏偏永和宮的宮門是石頭門檻，要叫石匠來鑿。當時端康皇貴妃正住在永和宮，不願意鑿出一條石隙，破壞了宮中景觀，因此母子之間又發生了誤會。幸虧內務大臣耆齡解釋勸說，才算把這場糾紛平息下來。可是溥儀對騎自行車，又興致索然了。

風箏之下只好出宮

北平放風箏是有季節性的，清明前後，雲靜風清是放風箏最好時光。內務府造辦處養有一批巧手工匠，糊出來各式各樣的風箏。把風箏放起來之後，只要搭上罡風，不但鑼鼓齊鳴，而且螢光明滅。每年阿哥、格格們都要拿著放在天空風箏的小線抖幾下，然後拿剪子剪斷小線，讓風箏隨風飄去叫做「散災」，保佑一年四季都沒災沒病的。溥儀對於放風箏本來了無興趣，可是自從大婚後，他岳家有幾位內親都是放風箏好手，在宮裡一塊放過幾次風箏，溥儀又迷上放風箏了。聽說有一次放上去大大小小多達四十幾隻風箏，僅僅三隻大風箏就放走了二十多斤老弦。第二年馮玉祥逼宮，他就遷出了紫禁城，不然的話還不知要玩出多少新花招呢！

麴糵優游話酒缸

民國四十年，我在臺北曾參加一個不定期酒會，加入的酒友都是黃白不拘、有幾分酒量的人物，會員到齊足足能坐滿三桌。有一次，一位酒友發現自己有一打窖藏，是當年從貴州帶出來的陶瓷罐裝茅台酒（賴茅），於是又召開了不定期酒會，前後兩次酒會，時間相差半年。後一次到者勉勉強強湊成一桌，有的醫囑戒酒，有的駕返道山，一餐吃完，只喝了四瓶。若在早年，一桌人喝一打，也不算稀奇呢！

飯後大家都有幾分醉意，於是聊起北平的大酒缸來。在北平住久了，會吃的朋友都不愛進大館子，講究吃小館，再不然約上二三知己上大酒缸，要兩壺二鍋頭，選幾樣自己愛吃的下酒小菜，淺斟慢酌，高談闊論，的確別有一番情調，是局外人不能體會得到的。

酒後想吃什麼，各憑所欲，來碗刀削麵、貓耳朵，或煮盤餃子，下一碗餛飩，酒足飯飽之餘，管保教您有飄飄欲仙之感，這就是北方大酒缸的素描。

北平東四、西單、鼓樓前都有大酒缸，可是酒的優劣大有差別。故友金受申是泡酒缸的行家，據他說，好的二鍋頭首推鼓樓永興酒棧。大酒缸這行生意跟海味店，全是山西人獨佔生意。這類大酒缸通常都是兩間門臉，像永興三間門臉的算是獨一份兒了，有些怯勺還不敢隨便進去呢！店裡擺著幾口兩人合抱的大酒缸，有的老酒店把缸底還埋在地下三分之一，說是沾了地氣，酒不上頭而且柔和。酒缸上面蓋著用厚木板加亮漆做的缸蓋，漆得蹭光瓦亮，這就是大酒缸的活招牌了。

大酒缸不分散座、雅座，來喝缸的人都是圍缸而坐，間或擺上三兩張小方桌，凡是跟朋友有私話要談，說合拉牽談買賣，多半找張方桌坐，就不跟大家圍酒缸啦。

大酒缸全都有字號，而且牌匾都是名書家或三鼎甲寫的，不過牌匾都是懸在屋裡，去喝酒的人，只注重酒的醇不醇，很少有人留意牌匾是什麼字號、什麼人寫的。有些人在這家喝了一二十年的酒，只知道是什麼地方的大酒缸，能夠說得上字號來的，恐怕寥寥無幾。

大酒缸賣的酒，二鍋頭也好，淨流也罷，全都放在櫃臺的鬼臉罈子裡。酒是論壺計值，用錫製酒壺，也有的用酒素子，一般都是二兩、四兩兩種，只有什剎海煙袋斜街一家酒缸有六兩裝的酒素子。據說張之洞卸任湖廣總督之後有幾名戈什哈跟大帥進京，就住在張家別墅寸園。每天晚上泡大酒缸，總覺得酒缸欺負他們外鄉人，每壺酒的份量不夠，時常吵吵鬧鬧。後來讓張香帥知道了，特地到錫器店訂打了六兩裝的壺，交給櫃上專給戈什哈們打酒，所以流傳開來，都說這家大酒缸有六兩裝的壺。

抗戰勝利後，我同兩位酒友特地前往印證，跟櫃上要六兩裝的壺打酒，掌櫃的知道我跟南皮張家有淵源，不但喝到南路淨流的好酒，還吃到老闆自己下酒的酥鯽魚、醬兔腿呢！

有些年輕朋友，剛剛學會了喝兩盅，又怕人笑話他酒量太差，總喜歡匹馬單槍偷偷到大酒缸泡一陣子，初學乍練，酒量當然不會太大。您喝不了一壺，叫一杯酒來喝，酒缸的東夥照樣歡迎，因為這種人酒喝不多，菜卻不少叫呢！

喝酒的朋友，每個人習慣不同，有人喝四兩，有幾粒花生米、半塊豆腐干就夠下酒的了；有人喝酒必定要幾樣可口的下酒小菜。大酒缸準備的酒菜極其有限，通常只有拌芹菜、虎皮凍、煮花生、鹽水青豆、胡蘿蔔、豆腐干而已，如果自己帶菜來，店裡是不會反對的。

因為酒缸準備下酒的小菜不多，所以每家大酒缸門口，總有一兩個賣燻魚或泡羊肚、羊頭肉的，喝酒的想吃什麼可以指名要，等酒足飯飽一塊算帳。

西四牌樓磚塔胡同把口一家大酒缸，不但酒好，而且門口一個攤子刀削麵特別有名，他不單麵削得薄而勻，而且澆頭大炒小炒不油不膩。舍弟陶孫是滴酒不沾的，他想吃刀削麵就攛掇我去那家大酒缸喝兩盅，他好跟著吃刀削麵。北平晉陽春曾師傅刀削麵最有名，他認為還趕不上那家大酒缸的刀削麵澆頭入味。雍和宮附近有一家酒缸，據說他家有一部分燒酒，是私酒販子從朝陽門背進來的，趕巧了真有好酒。他家門口賣貓耳朵的雖然也是山西人，可是做法別致，燴而不炒，對牙口不好的最對胃。廣福居（**別名穆柯寨**）的女掌勺穆大嫂曾經特地從南城跟到北城去嘗試，認為確有獨到之處，自己回到櫃上試做了幾次，都沒有人家做得好，所以後來您到穆柯寨叫貓耳朵，他們只賣炒不賣燴了。

馬市大街有一家大酒缸，除了南路燒酒外，兼賣保定出產的土黃酒，又叫「乾炸兒」。這是北平唯一不是山西人經營的大酒缸，一個賣燙麵餃兒的是順義縣人，一個賣餛飩的是保定府人，蒸燙麵餃兒的籠屜永遠是熱氣騰騰，一屜一屜往屋裡送。餛飩挑子鍋裡的高湯，隨時都在翻滾，餛飩雖然沒有什麼特別，可是湯清味正，作料齊全而且地道。

賣燙麵餃兒的叫老奎，從早上到中午推著車子在馬大人胡同、錢糧胡同做生意，過午就到酒缸門口擺攤啦。北平人吃的燙麵餃兒除了豬肉白菜、羊肉韭菜、牛肉大蔥之外，很少用菠菜、薺菜、小白菜等深綠色蔬菜作餡兒的。老奎燙麵餃的餡除口蘑、三鮮、薺菜、菠菜之外，還有茄子、扁豆、冬瓜等，可以說應有盡有，集各種葷素餡之大成。

抗戰時期吳子玉避居北平什錦花園，既恨日本人陰狠殘暴，又恨漢奸們恬不知恥，因為肝火太旺，時常鬧牙痛不能咀嚼東西，只有吃奎子的燙麵餃軟軟乎乎不致牙痛，一叫就是百兒八十的，所以不久，老奎的燙麵餃在東北城算是出了名啦。抗戰勝利時，筆者回到北平，聽說老奎領個牌照自己經營一份酒缸，生意還挺不錯。自從紅衛兵幾次清算鬥爭，老奎被鬥得掃地出門。他們認為大酒缸是有錢有閒階級的消遣地方，也都陸續淘汰，現在大酒缸已成為歷史名詞了。

上海的櫃臺酒

老鄉親

幾位江浙朋友一塊兒小酌，酒酣耳熱，有一位大家叫他胡老總的說：「你在《聯副》寫了一篇〈北平大酒缸〉，看得我酒蟲從喉嚨直往外爬。當年我們在上海都是喝櫃臺酒的老朋友，現在只說北平的大酒缸，對於上海喝櫃臺酒卻隻字不提，未免厚彼薄此了。」經胡老總一說，我也覺得是有點差勁，所以寫了這篇〈上海的櫃臺酒〉，以資補過。

上海吃老酒講究是陳紹、花雕、太雕、竹葉青一類黃酒系列，上海有名的遺少小辮子劉公魯，吃飯時每餐都要食前方丈，七個碟子八個碗，可是他一喝櫃臺酒，放蕩形骸，就完全變了一個人了。他說，紹興酒是我們中國國寶，世界各國哪國都沒有這種香醇濃郁、糟香襲人的酒。他的歐美朋友到中國來在他家吃飯，羅列東西各國名酒，十之八九都喜歡喝太雕或竹葉青，這就證明中國的紹興酒比他們的威士忌、白蘭地要高一籌。喝紹興酒要像《水滸傳》裡黑旋風李逵、花和尚魯智深一樣，大碗喝酒、大塊吃肉才夠味兒，只有到四馬路喝櫃臺酒才有這種情調。

上海四馬路「高長興」、「言茂源」都是賣櫃臺酒的老字號，櫃臺高聳，擦得蹭光瓦亮，不見半點油星，上面照例是大盤凍肴蹄、一盆發芽豆，還有油爆蝦、燻青魚、八寶醬、炒百頁幾樣小菜。櫃臺前有兩隻長條凳，可是吃酒的人沒有一位是坐下來的，大半都是腳踩條凳，身靠櫃臺吃喝起來。叫一串筒酒倒出來大約是三海碗公，大約您要半串筒酒，就有人笑您是雛兒或半吊子，既然喝不了一串筒酒，又何必出來喝櫃臺酒呢！

像「高長興」、「言茂源」這樣整天川流不息、酒客進進出出的大酒店，燙好的串筒酒，往您面前一放，錫筒沒有不是東凹一塊，西癟一塊的。據酒店人說：「起初是客人們喝醉了逞酒瘋，摔得像癟嘴老婆婆似的，後來你摔我也摔，不摔就顯不出您是老酒客啦！」

到四馬路喝櫃臺酒的，上海雖然風氣開通，也清一色都是男生，唯一例外的是花國大名鼎鼎的富春樓六娘，她是袁寒雲、徐凌霄等人帶著喝過一次櫃臺酒，後來每到隆冬初雪，總要光顧一次「言茂源」。不過她怕看又癟又髒的舊串筒，櫃上總是留著一兩隻新錫筒給她燙酒。

葉楚傖、劉史超、何企岳，他們幾位都是著名的酒仙，據他們品評的結果，「高長興」的竹葉青漿凝玉液，韻特清遠；「言茂源」的陳年太雕，沉色若金，瓊卮香泛；只可惜兩家下酒的小菜均不高明。姬覺彌是上海印度富商哈同的總帳房，他雖然生長在徐州，靠近有名的陽河大麯產地南宿州，可是他卻喜歡喝鑑湖的太雕，每月需要光顧「高長興」三兩次。「高長興」鋪面是哈同公司產業，姬大爺來喝酒自然奉為上賓。姬喝酒從來不叫小菜，進得門來身靠櫃臺，一隻腳踩著板凳，先來上一串筒，一筒喝完再續一筒，兩串筒酒下肚，立刻就走。有些人跟姬覺彌交一二十年朋友，還不知道姬覺彌是黃酒大亨呢！

當年上海電影界名導演但杜宇、殷明珠都是喝老酒的高段數人物，他們夫婦是「言茂源」的老主顧，三串筒花雕、三碟發芽豆，從來沒要過別的酒菜。自命為前清遺少小辮子劉公魯，可就跟他們喝酒大異其趣了，他小辮子始終未剃，寬袍短袖，一派盛國孤忠的氣派，喝酒帶小廝給他裝水煙抽。他的酒量如果喝完一串筒，就準得胡言亂語，可是他偏偏誇海量、講排場，要吃三馬路大發的拆肉、大雅樓的酥魚、功德林蔬食處的冬菇烤麩，三者缺一不可，有時自帶，有時讓酒店學徒買，一頓酒要吃上兩個多鐘點。可是櫃上也特別歡迎，因為他小費出手很大方，往往給小費超過了酒菜錢一倍。

民國十四、五年，我在上海有一班朋友是喝櫃臺酒的，我受了他們影響，也跟著他們東跑西顛喝櫃臺酒，其實我的目的是吃大閘蟹。「言茂源」論座位，沒有「高長興」舒服，論酒的品質，也沒有「高長興」來得醇厚，可是到了螃蟹上市，「高長興」的生意就趕不上「言茂源」了。

北方吃螃蟹講究七月尖八月團，南方秋晚金毛玉爪陽澄湖的大閘蟹才肉滿膏肥。上海幾個大菜場雖然都寫著有「新到大閘蟹」，可是憑肉眼看，是真是假頗難確定，同時挑尖選團也頗費事。「言茂源」所賣的大閘蟹，雖然價錢稍貴一點，可是貨真價實，要尖就尖，要團就團。盛杏蓀的公子、小姐們有在「言茂源」雅座裡八個人吃了五十隻尖臍的紀錄。螃蟹好吃在油膏，臺灣蟹不論哪一種都是蟹黃太多，令人難以下嚥。

「言茂源」樓上闢有雅座，所以有些鶯鶯燕燕也來喝酒，當年名噪一時的花國總統富春樓老六，有時跟她的相好，在燈灺人靜的當兒，也來低斟淺酌一番。據她說，「言茂源」每天賣不完的團臍，立刻用酒醉起來，由老闆的如夫人親自動手，加酒羼鹽放花椒的份量都有訣竅，一星期就能登盤下酒，不像寧波的鹽蟹，要好久才能吃呢！老報人何海鳴、葉楚傖都吃過「言茂源」的醉蟹，據說風味絕佳，就是要碰巧了，才能吃得到嘴。

勝利還都，正是秋高蟹肥的時候，走過四馬路，想起了「言茂源」、「高長興」，找來找去，已無遺址可尋。經一位擺報攤的老者相告，「高長興」原址的樓面拆掉，重蓋新廈後開了一家立群書店，「言茂源」將門面縮成一小間，雖然仍然賣酒，只應門市外送，已經不賣櫃臺酒。我想，北方的大酒缸、南方的櫃臺酒，恐怕已經是歷史名詞了。

遛彎兒、喊嗓子、吃早點

人上了年紀，睡眠時間就日漸減少，買賣地的東夥們，每天清晨在下門板之前，全都要到空曠地方活動活動筋骨，吸收點新鮮空氣，然後搖搖算盤開始營業。早些年雖然沒有晨運這個名詞，可是早晨出去遛遛彎兒這個習慣，是古已有之啦。

從前早上遛彎兒，還有一個講究，必定等天已拂曉才動身出門，不像現在三點敲過，曉風殘月或是黑咕隆咚就出門晨跑了。聽老一輩人們說，天光未亮，陰氣太重，呼吸這種空氣，對人來說是不太相宜的；晨雾露重，對老年人尤非所宜，故出門不宜過早。前幾年在屏東有位好友突然不良於行，經往醫院骨科檢查，據告晨霧濕重，風邪入骨，費了半年時間，才把腿疾治好，可證老年人說的都是經驗之談，不能不信的。據說散步要抬頭平視，快慢齊一，方能血脈流暢。從前江宇澄（朝宗）望八之年耳聰目明，步履輕健，他自認就是遛彎兒得法的結果。

北平大買賣家兒鋪規定得很嚴，同仁不准隨便外出，可是早晨「放早」，准許出去遛個彎兒吃個早點什麼的。有些年輕喜歡拈花惹草的夥友，前門一帶花街柳巷又離得近，一眨眼就拐彎進胡同找相好的趕早兒去了，所以買賣地兒的朋友說遛彎兒是健身散步，若是說遛早兒就帶點桃色氣味，大家就心照不宣啦。

梨園行名角或是票友，要想自己嗓音保持高亢嘹亮，必須不辭辛苦，每天起早去到野外空曠地方或是城根去用苦功喊嗓子；功夫下得越深，自然嗓筒越痛快，上得臺去怎麼唱就怎麼有，就別提有多舒服了。在前清，唱戲的子孫不能應科考，而且易學難精，所以入這一行的人不算太多。可是後來玩票的又為什麼那麼多呢？我曾經拿這個問題請教過北平老票友關醉蟬，因為他的弟弟鍾四爺整天書不讀、事不做，於是關醉蟬把錢金福請到家裡來給愛玩的老弟說戲。他弟弟雖然不愛讀書，可是學起戲來居然正心誠意、一絲不苟。關醉蟬說，他弟弟雖然生得白淨細弱，可是他偏偏要學架子花，而且要跟錢金福學藝。醉蟬知道他秉性固執，如果沉迷嫖賭，為禍更烈，喊嗓子要起早，而且禁吃辛辣糖豆，並且少近女色，都是對身體有益的。於是依他，並且拜託胡井伯一同學藝，實際就是看功，也就等於伴讀。鍾四認為名角都要到窯臺喊嗓子，他自然也不能例外。從他家沙井胡同到窯臺一南一北，汽車也要足足開半小時。他在陶然亭的高臺上扯開嗓子，頂多咦哦呃呵的喊上一二十分鐘，不但聲嘶力竭，而且口乾舌燥，只好打道回衙。人家真正喊嗓子的朋友，誰願跟這種人一塊兒裏亂？住在南城外的人不是金魚池，就是天壇牆根；住在城裡的人不是太廟就是筒子河；功夫下長久了，嗓筒自然圓潤。

早年梨園行王毓樓的兒子少樓、斌慶社的王斌芬都是冬練三九，夏練三伏，真下過苦功的。票友方面邢君明、胡顯亭都怎麼唱怎麼有，越唱越清澈敻遠，全是一天天不斷喊出來的。當年李世芳剛出科時候，調門低沉而且常起蛾子，齊如山主張他每天清早喊喊嗓子，世芳的父親李于健倒是每天一清早就帶著兒子去窯臺喊嗓子，無奈不能持之以恆。三天打漁，兩天晒網，一出外就擱下了，所以世芳的嗓子始終趕不上張君秋的爽脆剛亮。高慶奎是高四寶的兒子，原搭梅蘭芳班唱掃邊老生，四寶看梅大瑣對蘭芳督功甚勤，天天帶著他喊嗓子、打把子、練毯子功，所以也逼著慶奎每天矇矇亮到氣象臺喊嗓子，終於把高慶奎督促成了名角。慶奎也如法炮製，後來把李和曾也調理出一副能剛能柔的好嗓子。聽說在臺名角，除了周正榮、徐露尚能不失典型，還能喊喊吊吊之外，其餘各位大都是場上見了。喊嗓子這句話，在平劇這一行很快就要成為歷史名詞了。

在北平有清早遛彎兒習慣的人，多半是彎兒遛完吃過早點才回家的。現在大家一談到北平的早點，總認為不過是燒餅油條、豆漿而已。其實北平人吃燒餅油條是跟粳米粥一塊兒吃的，要喝豆漿得到豆腐坊買回家去喝。天津人講究到豆腐坊來碗清漿掰塊豆腐；至於甜漿打蛋，鹹漿放冬菜、蝦皮、魚鬆外加辣油，那是江浙人的傳授。臺灣的吃法，早年不管是北平或天津都不是這種吃法的。

說到北平早點，燒餅就分馬蹄、驢蹄、吊爐、發麵小火燒四五種之多。至於油條，油麵切成長條，中間劃一道口子，用手一抻，炸成長圓形，比臺灣一柱擎天的油條既秀氣又好往燒餅裡夾。此外「糖皮」、「鍋鼻兒」、「甜果子」，要哪樣有哪樣。現在臺灣不但沒有人會炸，甚至還沒聽過、見過呢！吃燒餅果子自然要喝點稀的，主要是喝粳米粥，或是甜醬粥。賣這兩種粥的有粥鋪，也有挑著粥挑子下街的，熬粥都是用馬糞當燃料，粥裡米粒，顆粒分明，可都接近溶化程度。據說喝這種粥，不但能清上焦的火，而且能止渴生津，一些有閒的遛彎人兒最相信這一套。有人喜歡喝點杏仁茶就燒餅果子，這種杏仁茶是甜、苦兩種杏仁米漿加白糖混合熬成，盛到碗裡臨時再澆點桂花滷子，靄彩啜露，清香噀人。不愛吃甜的可以來碗肉片口蘑豆腐腦，從鍋裡舀幾片嫩豆腐腦，來兩勺口蘑肉片滷，為了拉主顧，真有不惜工本，用上等口蘑的。有時持齋茹素的居士們則喝麵茶就燒餅果子吃，提起麵茶也是來到臺灣所沒見過的點心。麵茶是秫米熬成糊狀，既不甜也不鹹，但是一碗盛好，用兩根筷子蘸了芝麻醬，以快速熟練手法，撒滿了碗面，然後撒上特製花椒鹽。三九天拿來就燒餅吃，吃到碗底，都是又香又熱的。住在前門外的人，講究彎兒遛夠了，到鮮魚口小橋喝碗炒肝。所謂炒肝是豬肝、小腸各半勾芡雙燴，不知道他家是用的什麼團粉，喝到底都不瀉。民俗家張次溪說：「除了回教朋友，凡是平劇雜耍的藝人，十之八九愛喝炒肝。名伶武生周瑞安有十一碗的紀錄，說相聲『大麵包』一口氣十四碗，又打破『周一腿』的紀錄了。其實小橋的炒肝，每天只勾一大鍋，賣光了明日請早，究竟好在哪裡，誰都說不出所以然來。」

住在西半城有錢有閒大爺們，要是好喝早酒，自己到同仁堂帶四兩五加皮或是綠茵陳，去西單聚仙居吃血餡蒸餃。櫃上一看您自己帶著酒，先給您燙上，外敬一盤虎皮凍、一碟木樨棗，這是櫃上老規矩。血餡蒸餃又叫攢餡，內容包括雞鴨血、胡蘿蔔、蝦米皮、木耳、香菜、胡椒，雖然沒有肉，可是特別腴潤，一咬一兜湯，跟花素蒸餃又別有不同。據說這是清朝神力王的吃法，那位王爺威武神勇，武功卓絕，每天要到郊外拉弓馳馬，自然弄得灰頭土臉吃了不少灰塵回來。他的食量又大，有人告訴他吃雞鴨血可以把吸進肺部的塵埃排泄出來，所以他每次郊原試馬，廚房必定給他老人家準備四五籠蒸餃大啖一番。後來被一班遛彎兒的人知道啦，於是聚仙居每天早上也添上了血餡蒸餃，一直到聚仙居小樓拆除，改為西湖食堂，遛彎兒的人也就沒處吃血餡餃子啦。

炸糕原料是黃米麵摻少許糯米粉揉成的，餡子一律是豆沙的，炸得黃糝糝的外焦裡甜。當年顏駿人做外交部長時，有一次請各國使節吃早茶，就是用炸糕、麵茶、普洱來招待的。各國駐華使節夫婦吃完，覺得這是使華以來最好吃、最豐富的中國味早餐。想不到炸糕、麵茶還成招待外賓的上食珍味，可惜這兩種早點，沒見哪家小吃店做過，大家也就沒這種口福了。北平早點吃烤白薯者固然有，但是早晨多半吃煮白薯，這種白薯都是選比手指粗不了多少的白薯秧子來煮。因為鍋裡煮著白薯，所以完全用手推車，沒有挑擔子的，滿滿一鍋熱氣騰騰的白薯，他永遠吆喝剩鍋底了。其實真正剩了鍋底的白薯，皮紅肉黃，晶瑩如玉，真跟用蜜煮過的一樣香甜。現在英、法大菜配有紅心番薯，有人說就是從中國學了去的。是否屬實，無法考證了。總之，北平早點有甜有鹹，種類繁多，一時也說之不盡，有錢有閒的人吃早點的花樣還多得是呢！

抽煙

一個人在閒下來時候，悠然怡然點上一袋煙來抽抽，那種閒情逸致，不是癮君子是沒法體會出來的。

抽旱煙、抽水煙雖然方式不同，可是怡情悅性的樂趣是並無二致的。就拿抽旱煙來說吧，這根煙袋講究可多啦。北方人抽的旱煙袋俗稱「京八寸」，長不過尺，為的是攜帶方便，別在腰裡也不妨礙幹活兒。南方人抽旱煙的，不是老封翁，就是老太君，一鍋煙裝磁實了，自然有小廝、兒媳們點火，所以煙袋桿長點沒有關係，有時候還可以拄著當拐杖呢！京八寸講究用烏木當煙桿，不但不怕磕碰，而且經久不裂；南方喜歡用竹桿或漆桿，因為漆跟竹子都出在南方。煙袋嘴兒北方喜歡用玉石或燒料的，有些好講究的用玳瑁、虬角、象牙、翡翠等等，花樣可多啦。至於煙袋鍋子，雖然大小各異，可是一律都是紅銅或是白銅的，當年自稱「皇二子」的袁寒雲有一隻白海泡石的，可算是絕無僅有的一隻煙袋鍋了。

一般人抽的煙叫旱煙，我曾經向南裕豐（北平南裕豐、北裕豐是全北京城最大的煙兒鋪，專賣各種煙類、檳榔、砂仁、豆蔻）老掌櫃請教過，他們潮煙、旱煙都賣，據說旱煙就是針對水煙而來的，至於潮煙這個名詞的來龍去脈，連他們也摸不清楚。談到旱煙，自然是以葉子煙為主，有的加錠子煙，有的加關東煙，有的加蘭州青條，有的加杭州香奇，於是旱煙有了雜拌、高雜拌之分。當然高雜拌混合煙的種類多，品質高，售價也高，算是高級旱煙。

抽旱煙，為了外出攜帶方便，煙袋桿一般都是以八寸為度。有些水泥工、木匠、瓦匠有時短到三、四寸，別在腰裡不礙事，叼在嘴裡照樣幹活。在平津，婦道人家也有抽旱煙的，大概多一半是上了年紀的老太太們，煙袋桿最長不過一尺半。到了東北，可就有趣啦，大姑娘坐在炕頭上抽旱煙的，所在多有；煙袋桿真有超過三尺的，不用下炕，裝好了一袋煙，一伸手就搆上地下的火爐子口，可以對火兒啦。蘇北上年紀的老太太們也喜歡用長煙袋桿，可是沒看見有用烏木的，多半是用比中指粗一點兒的紫竹子。南方冬天喜歡用手爐、腳爐取暖，頂多用炭盆，抽煙當然沒有地爐子點火方便。所以要抽煙，不是兒孫們點一根火紙媒子，就是點一枝火柴棒兒插在煙袋鍋子裡抽，雖然夠氣派，可是太麻煩了。

真正煙癮大的人，黃河以北十之八九都抽關東葉子，即所謂台片，不但勁頭足，而且消食化水；如果煙癮不大的人，一口煙吸下去，能噎得半天緩不過這口氣來。北平要買最好的關東葉子，一定要到南、北裕豐煙兒鋪去買。有一次我在廣德樓戲園後臺，跟李萬春、毛慶來聊天，聊到蓋叫天《三岔口》有幾個身段特別邊式，毛慶來把他的煙荷包遞給我，讓我嘗嘗他的葉子口勁如何。抽旱煙跟聞鼻煙有個不成文的規矩，遇到同好，人家一遞過煙荷包或倒出鼻煙來，你一定要裝上一袋，聞兩鼻子，否則就讓人誤會你是瞧不起人家了。我趕緊裝上一袋，立刻點火來抽，果然蘭薰越麝，馨逸沉純。他的煙是大柵欄南裕豐買的，跟我買的是同一家煙鋪，何以價錢一樣，貨色不同呢？敢情其中還有段掌故呢！早年大柵欄是戲園子密集區域，當然梨園武行朋友，來來往往川流不斷。有一位武行朋友到裕豐買關東葉子出了高價錢，櫃上一疏神，給包的是次貨，一個不服氣，一個不認輸，於是鬧了起來。武行人多，櫃臺前擠滿了人，吵吵鬧鬧，鬧得煙兒鋪實在頭大了，於是找人出來說合，條件是武行來買頂好關東煙一定要精選頭等貨色，所以他們抽的關東煙都是特別精選，我們去買，花錢也買不到。慶來算自找麻煩，我抽的關東煙，從此就請慶來偏勞代買了。

抗戰勝利後，資委會派我去熱河煤礦工作，山區窵遠恐怕買不到好的關東煙，除帶了幾大罐煙絲外，還帶了兩餅乾筒的關東煙去。熱河圍場有位盟旗王子克拉欽諾，不但愛唱平劇，而且喜歡吃江浙口味的菜肴。有一天他派人請我帶了我們票房的教習孟小如、孟之彥、胡老四到他防地去消遣消遣，住了三天。王子看我也抽關東煙，要過我的荷包裝了一袋，抽了兩口，立刻挽留我們再住一天，明早再走，他準備點好東西送我。第二天一清早，他自己送來四掛煙辮子，每掛都有胳膊粗。他說：「這種關東煙是我旗下寧古塔特產，每年出產不足三萬斤，這是所謂真正關東台片。」我試抽一袋，煙味香純沉厚自不必說，煙灰色呈銀白，磕出灰來成團，久久不散。抽了若干年的煙，這種煙既沒見過，更沒抽過，我送了孟小如一掛。他不願獨享，分寄楊小樓、余叔岩各一包；他們收到之後，寶貝得不得了，回信說，每逢吃得油膩太飽，抽上兩袋，立刻油退滯消，比吃胃藥還靈呢！

北方人以抽旱煙為主，南方人在北方做京官的多半是抽水煙。水煙袋起源於旱煙袋之前或以後，目前已無從查考，不過這種煙具，在清初「喜容」畫像，已經在配景的茶几上，跟蓋碗茶盅陳列在一起了。到了清末民初，從南到北，水煙袋已經大行其道。無論是仕宦人家，或是市廛商賈，只要閒下來，都喜歡持著水煙袋，怡然自得，噴雲吐霧一番。當年南北各省，雖然都流行抽水煙，可是水煙袋的款式大小、長短曲直，以及鏨紋鏤花，技巧各異，南裝北式迥不相同。一望而知，北式水煙袋煙管稍長，彎度不大，式樣厚重大方，通體都是雲白銅打造，聯繫筒管地方的錦絡絲絛都力求大方素雅。至於南方所用水煙袋，大都是蘇州產品，所以稱之為蘇式，尤其婦女所用，不但小巧玲瓏，而且嘴彎而短，看起來秀麗嫻雅，攜帶更為方便。聽說當年上海北里名花林黛玉，有一隻純金打造坤用水煙袋，鑲鏤雕琢，奪光燦目，絲絡上綴以明珠翠羽。她給客人點火裝煙，姿態妙曼之極，後來她送給她所暱伶人路三寶，路還什襲珍藏、秘不示人呢！廣州有一種煙管特長的鉛製水煙袋，大家給它取名「仙鶴腿」，這種煙袋是專門給使奴喚婢的大戶人家使用的。老爺們與來客秘談，太太們與閨友雀戲，就用得著這種仙鶴腿水煙袋啦。至於《兒女英雄傳》說部，安龍媒在淮南的茶館裡看到能夠伸縮、長逾數尺的水煙袋，抗戰勝利之後筆者在蘇北泰縣一家茶館裡還看見有這種賣水煙的人穿來穿去給客人裝煙，不過煙袋上東補一塊鐵，西焊一角錫，百孔千瘡，已經慘不忍睹。現在事隔三十多年，恐怕早被淘汰掉了。

抽水煙的煙絲，不但種類繁夥，南北也各不相同。北方人抽水煙，煙絲以冀東產的錠子煙為主。也有抽潮煙的，這種潮煙是否為廣州東潮州產品，就不得而知了。煙兒鋪賣的潮煙，小包斤半，大包三斤，壓得磁磁實實的，都是用裱心紙包裝，外加字號浮水印。煙絲細而且乾，打開紙包掰下兩塊，放在小瓷缸裡，用潮潤過的濕布把它悶起來回潤方能再抽，否則乾辣嗆人，無法下嚥。如果趕上有文旦、白柚的時候，把文旦切去頂皮，剝掉果肉，把煙絲裝在整隻文旦皮裡，悶上半天再抽，則煙蘊果馨，柔香發越，說不出有一種怡然妙曼的味道。

道地平津土著抽不慣潮煙，說是抽潮煙容易生痰，於是有人抽錠子煙加蘭花籽，倒也清淳浥潤。實際抽水煙最好是福建的皮絲煙，有些南人客居北地，總要託人到福州帶幾包丹鳳牌皮絲煙來抽，也有人怕生痰加上點蘭州青條，或杭州的香奇來抽，不但增香助燃，而且味薄而淡，倒也別有一番風味。

當年郭嘯麓、傅藏園、鄭蘇堪、凌文淵、羅癭公、黃秋岳、周蒼庵、管平湖，一些久住北平的文藝界知名之士，他們在中央公園春明館組織了一個耕煙雅集，研究出二十多種水煙的配方，連龍井茶的碎末、檀香粉都列入配方，每年春秋佳日各燕集品評一次。

抽煙

前些時在鹿港文物館，看見有兩隻水煙袋，已列為多寶格裡古董，回想當年北平的耕煙雅集，大家在閒中歲月品煙的豪情雅興，如在目前，可是屈指一算，已經是半世紀以前的事了。

書僮的故事

老鄉親

從前，在沒有設立學堂之前，子弟們讀書，家境不太寬裕的人家，自己單獨請不起老師課讀，只要打聽出遠親住所相距不遠的，誰家請有老師，就把自己的子弟送去附讀。

還有些大家族，人口繁衍，子弟眾多，由族長敦聘飽學之士，在家廟宗祠設立公學，讓族中子弟前來就讀，老師的膏火由祭田收益項下開支。由於學員眾多，難免良莠不齊，於是富裕人家恐怕子弟跟人學壞，多半在自己家裡，禮聘宿儒，延為上賓，悉心教導子女向學，自己也可以了解學生的進益。

幼童啟蒙，多半是五六歲。有科第人家，認為雖然是給小孩開蒙，也要底子打得好，根基紮得穩，將來才能青雲直上。所請蒙師，不是舉人，就是拔貢。西席到館，主人必定冠帶延賓，懇託老師從嚴教誨，然後由老師向聖人神位焚香行禮，學生依序行過三跪九叩大禮，然後磕頭拜師。

老師首先要用紅方字塊正楷寫出「聰明智慧」四個字，讓學生認讀，頂多一小時，就算禮成放學，因為恐怕時間一長，造成學生厭煩或恐懼的心理，以後就怕到書房讀書了。此時學童年齡幼小，陪伴來書房的，多半是乳娘、看媽，她們只能在書房外間或走廊等候，未經老師召喚，是不准踏進書房的。

聰明的學童，到了十一二歲開筆，對對子、作文，送上學的乳娘、看媽就該換成書僮伺候啦。

剛一換書僮，必定是個五六十歲的老書僮，不是奶公一類人物，就是告老的管事的；一方面能照應學生的飲食冷暖，有時候學生不聽教誨，或是頑皮得出了圈，那種老書僮連數說帶勸解，有時還真發生不小的作用呢！

到了學生作文成篇、寫字臨碑仿帖、十五六歲的時候，老書僮耳聾眼花，腿腳也跟不上跑前跑後，這時候學生也有挑選能力，多半就換上伶牙俐齒、善窺人意、跟自己年歲相當的小書僮啦。

這類書僮在書房摶紙磨墨，收放書籍，外帶伺候老師。每天一放學，就成了大少爺的玩伴啦，什麼踢球、打鳥、釣魚、弄狗，樣樣都有書僮的份，有時候鬧得太不像話了，老師要責罰，準是書僮先倒楣。

平劇裡最善於琢磨書僮，《西廂記》裡的琴童，《打櫻桃》裡的秋水，《雙獅圖》、《金水橋》裡的書僮都能刻畫入微，可算書僮的典範。大概凡事好壞點子，書僮都有份兒。

還有一種豪門巨富、閥閱之家，子弟入學，怕他們形單影隻；遠親近鄰，有些子弟想從師讀書，可是經濟不寬裕，又無力延師，只好把自己的子弟送到大戶人家去附讀，有的人家分文不取，叫做伴讀。

當年溥儀未大婚前，他的皇額娘瑾太妃督課甚嚴，滿文教習伊克坦，漢文教習陳寶琛、梁鼎芬、朱益藩、鄭孝胥，還有個英文教習莊士敦，每天分上下午輪流授課，同時伴讀者有溥儀胞弟溥傑、毓倫的長子毓四。凡是溥儀書背不出，字寫不好，犯了過錯，老師們對於溥儀不便直接斥責，毓四渾穆敦實，十之八九是他代人受過，大家都叫他「受氣包」。日久天長，他實在忍受不了，說什麼也不肯入宮伴讀，幸虧過了不久，溥儀大婚，不必天天上課，毓四伴讀工作自然取消。後來成立偽滿，溥儀在宮內府派了毓四一個肥缺，據說就是稍償他伴讀時挨罵受氣的代價呢！

談到書僮，真是上智下愚，有三六九等之分。當年給梅蘭芳管事的姚玉芙，原來名叫二順，是北洋某位總長家的書僮，因為名公巨卿揖讓進退看得多了，所以後來給蘭芳管事幹練敏實，不知替蘭芳化解了多少尷尬局面。

藏園老人傅增湘，他有一位庶出幼弟增瀅，穎雋輝映，使酒好劍，就是不愛讀書，雖由老人親自給弱弟督課，可是又未便苛責。他的書僮陸九淵可倒了楣啦，天天挨罵；他雖然出身寒素，但是溫良篤實，幾年之間，居然把版本之學研究得非常精湛。藏園先生故後，他回到南京，跟人醵資在夫子廟前開了一家舊書店代賣文玩字畫，他對古籍的審定，得自藏園薪傳。

抗戰期間，南京物資極度缺乏，有些舊家存有古籍字畫，只好拿出來換些柴米度日。偽官陳群是有搜購善本書籍癖好的，知道誰家有珍本秘笈，總要千方百計弄到手而後已，不過他自己對版本的研究並不高深，經人介紹，知道陸九淵出自傅沅叔門下，對於善本古籍的鑑定，自然精心汲古，抉隱闡微。陳群在做偽官階段，確實庋藏不少孤本古籍。偽組織倒臺，經陸九淵的檢舉，大約有四分之三的宋元明版本的書籍都被政府沒收，由南京圖書館整理後提供眾覽，並由陸九淵主持其事。共匪渡江，他捨不得離開這些好書，聽說紅衛兵造反時，他以死護衛那些書，最後終於以身殉書，被紅衛兵凌虐死了。

舍親李木公是桐城馬其昶先生高弟，文章是學攷力偉，謹嚴宏肆，又寫得一手好蘇字，他的書僮劉煥暘主要工作是給他謄錄文稿，整天耳濡目染，所寫蘇字幾可亂真。木公有煙霞癖，每晚煥暘在煙榻前打煙，等到煙癮過足，探賾索隱，日積月累，煥暘當然獲益不少。後來煥暘隨財稅專家唐滋軒入川，勝利歸來儼然簡任大員，因為他讀書較多，對於主人舊識，執禮甚恭，這是我所見一位最有才識的書僮。

先師閻蔭桐夫子隸籍山西祁縣，同文館卒業後，雖外放海參崴克總領事，因體弱多病，不耐邊塞苦寒，經范冰澄丈介紹來舍課讀，乃子乃女亦來附讀。閻師雖非茹素，但不進肉食，先祖慈告誡庖人，對於老師三餐，每日需請老師點菜。閻師口味極為特別，每餐甜鹹並進，同時不禁海鮮。干貝、淡菜、海參一類海味，庖人劉廚治饌不合口味，時遭斥責。書僮蘇福本來是給我們研墨洗筆、伺候茶水的小廝，因為他細心乖巧，人又聰明，對於老師的口味，他摸得一清二楚，任何菜由他在小火上一回勺，添鹽加醋，總能讓老師吃得適口充腸，後來索性另設小爐灶，老師的三餐就由蘇福打點了。北伐前新疆督軍楊增新電約先師出任新疆迪化道，先師深慮飲食無人招呼，想帶蘇福去又未便啟齒，我窺知老師意旨後，立刻給蘇福準備行裝川資，讓他跟隨老師長行，讓他日後也好找個較好出路。他在迪化兩年，又隨老師去了塔城，因為郵政時有阻隔，彼此斷了消息。

民國二十二年，我奉派到新疆考察稅政，在省府招待所附近一家飯館便飯，案頭坐著一位衣履素雅、髮已皤然的老者，彼此愣在那裡，侔色揣聲，才認出他是蘇福，萬里他鄉遇舊知，那份喜悅就不言可知了。他在迪化成家立業，儼然小康之家。臨別之時，他送了我一部楊鼎帥手著《周易補釋》，是他一筆不苟用正楷錄好的。最可貴的是其中有不少先師朱筆注解，博考衍奧，他就是心心念念打算送給我的。他的心願得償，忻喜可知。經我訓練的書僮有六七人之多，蘇福算是其中最成器的了。書僮、書僮，現在已經成為歷史名詞了。

帽子雜談

老鄉親

古人規定，男子二十而冠，男孩子到了二十歲，一戴上帽子，就算是成人啦！毛頭小夥子，顯然是沒有戴帽子，這個典故，大概就是這麼來的。臺灣冬天不算冷，沒有凍耳削臉的寒氣，加上近年男士流行留長頭髮，掩耳垂鬢，當然冬季更用不著戴帽子了。

前些天在光華商場古玩鋪，隨便閒逛，同去的崔兄跟我說：「你看，這個直古籠統的花瓶，還布滿了幾個窟窿。」我一看告訴他那是帽筒，清朝朝冠有頂、有翎，所以升冠之後，把大帽子架在帽筒子上，以免碰了頂子，窩了翎子。目前已無所用，真正成為古董了。

現在一般專門外銷手工藝品商店，都陳列有六瓣黑緞子邊、紅綠花緞子心的瓜皮小帽出售，實際這種瓜皮帽只是一種要貨，並沒有人戴的。當年溥儀未成年，住在紫禁城未出宮前，他戴的便帽是六瓣天藍色緞子，鑲金色嵌黑絲線壓邊，頂上釘有乒乓球大小紅絲絨結，瓣穗長有二尺，厚盈一握，一磕頭瓣穗紛披，非常好玩。

清朝對於冠戴衣著，都有一定制度，每年三月換戴涼帽，八月換戴暖帽，由禮部奏奉核定日期，大約總是三月、八月二十日前後，換戴涼帽時，婦女皆換玉簪，換戴暖帽時，婦女皆換金簪，一切都有規定，不能隨便亂來的。

早年戴便帽，所謂瓜皮帽，講究頭頂一品齋，一品齋的便帽是最出名的。他家所用的緞子，都是到杭州綢緞莊訂織的三三緞子，烏黑發亮，絕不起毛。雖然同樣襯紅布裡，可有軟硬之分，硬胎的挺刮光致不能摺褶，軟胎的可以摺起來，揣在懷裡非常方便。夏天換季，就戴官紗或實地紗便帽了。紗便帽也有軟硬之分，硬胎內襯細竹皮編織的帽裡，斐然有光，讓人有凝重之感。江南一帶早年也興戴瓜皮帽，以軟胎居多，素緞暗花，也甚雅致，只是頂部過分尖削，南式北派一望而知。關於帽頂，北方人如果椿萱在堂一定是紅帽頂，不是素服穿孝，不准用黑帽頂；南方對此則不甚在意，尤其商界人士的帽結都是易紅為黑了。

北地冬寒凜冽，還有一種黑緞便帽，絮有棉花的棉瓜皮帽，那當然只有硬胎一種，商店跑外的，還有外加黑緞子實納觀音兜以禦寒者，由頭至頸都可不受風雪吹襲。現在大陸的冬季，瓜皮帽早歸淘汰，至於加帶帽罩更是歷史上名詞了。

關外冬季特長，像長春、哈爾濱嚴冬氣溫經常攝氏零下三十度以下，如果不戴帽子，可能把耳朵凍掉了。抗戰勝利那年的臘月，我因公到長春出差，有位姓呂的科長隨行，他是廣東三水人，一下火車，坐敞篷馬車到治事的地方（當時只有馬車），車行近一小時，一進到屋子裡，看見牆上有一頂帶耳罩的氈帽，他趕不及的摘下來，就急忙戴在頭上了。在東北凡是風雪中奔馳太久，不能馬上進入有爐火溫暖的屋子裡去取暖，凍僵了一經化凍的耳朵、手指、腳趾，立刻發癢，如果一搓一揉用力再稍大一點，能夠立刻應手而脫，所以在東北工作的勞工朋友，有很多是手指、腳趾殘缺不全的，就是這個緣故。呂科長戴上氈帽，在沒有生火的屋子坐了半小時以上，我才讓他進入有火房間裡烤火取暖，從此他把帶耳罩的氈帽視為恩物。後來他撤退來臺，還把一頂破氈帽帶到臺灣來當古董呢！

民國二十年前後，在平津有一家盛錫福帽店大為走紅，早年政界人士講究戴巴拿馬草帽，草越細價錢越高。盛錫福從巴拿馬進口了半打極細的巴拿馬草帽，往櫥窗裡一陳列，標價二百塊銀元一頂，原沒打算立刻可以賣出去，旨在價高唬人，以廣招徠。誰知北洋江蘇督軍李純（秀山）的公子，跟湖北督軍王占元（子春）的公子連袂打盛錫福門口經過，李、王都是天津英租界有名的闊公子，這種細巴拿馬草帽，捲來成一圓筒，有帽套套住，摘下來可以揣在懷裡，非常方便，所以就一人買了一頂。他們回去這麼一炫耀，不到一星期，居然全部賣光，據說這種細巴拿馬草帽，就是產地也不多見呢！張宗昌在紅極一時的時候，有人送他一頂極品紫羔土耳式皮帽子，他戴在頭上得意洋洋，在京奉路火車上被鐵路局長常蔭槐看見，笑他牛高馬大像顯道神，他一氣之下就把它扔了。楊宇霆當時正替奉張拉攏張長腿，恐怕他惱羞成怒，特地物色一頂帶針海龍的四塊瓦皮帽子送他，張效坤戴上之後也覺得威風八面，氣派十足。他又託人在長春買一頂同樣的皮帽，送給一位蒙族王子。這位王爺雖然道地蒙族，可是天生身材矮小，大皮帽子往頭上一扣，簡直像北平手藝人捏的老頭兒鑽鑪子泥偶，背後沒有人不笑他人帽大小比例不稱的。後來盛錫福研究出一種染兔皮四塊瓦帽子，又輕暖又邊式，一直時興了十多年。臺灣從去年起，冬季時興戴皮帽子，式樣大半脫胎當年四塊瓦式樣呢。

上海聞人李瑞九，是李鴻章裔孫，不但貴而多金，而且是幫派中大爺。有一個冬晚約我們幾位相熟的朋友到夏令匹克電影院看電影，他戴了一頂水獺帽子，上面有比黃豆大一點的白斑，非常別致。哪知一下車，就被「抛頂公」把帽子摘跑了。

李瑞九面不改色，談笑自若，一進戲院，就把大衣、手套、圍巾掛在衣帽間了，等電影散場，我們到衣帽間穿大衣，誰知他那頂水獺帽子，好端端的掛在他大衣架上了。從此我才知道上海在幫的朋友，他們那一套嚴明的紀律，是不能不讓人佩服的。

冬天戴的皮帽子，紫羔、水獺、海龍真是價值上千上萬，不是一般人戴得起的，還有小孩也不能戴那麼貴重帽子呀，於是有一種媽虎帽出現，要是純駝毛的，價錢也不便宜，平時可以捲起來加在瓜皮帽上，覺得冷時可以拉下護住耳朵、口、鼻，前面有一方洞，可以不礙視力呼吸。舍弟陶孫在十歲左右時，非常頑皮，最怕人讓他戴媽虎帽。有一年除夕午夜，他要到院子裡去放炮竹，他頭上本來戴有一頂瓜皮帽，先祖母一定要他加上一頂媽虎帽，他堅持不肯。先祖母說：「加冠晉爵，你要對得上來，就免戴媽虎帽，明天就給你買一頂水獺帽升級。」誰知他聽了這話，把瓜皮帽一摘，說了句「卸甲封王」，雖不算太好，可是以成語對成語，而且不假思索，所以第二天跟我一齊出去拜年，他也換上水獺皮帽子啦。這樁小故事彷彿如在目前，屈指一算已經是本世紀以前的事啦。

我的一頂水獺帽子雖然帶到臺灣來，可是臺灣冬暖，英雄無用武之地，多少年未過風，也未拿出來看看，恐怕已經是光板無毛沒法戴了。

過生日漫談

談起過生日來，有的人很重視，有的人馬馬虎虎，不知不覺就過去了。舍下當年在北平，同族近支雖非聚族而居，散居東西兩城，可是無論哪一支哪一房有人過生日，總要去吃壽麵，熱鬧一番。

照舍間早年家規，凡是十四歲以下的小孩過生日叫「長尾巴」，中午讓廚房添四小碗菜，由長尾巴的小孩自己來點，一清早到祠堂裡上香、供茶，然後給家裡長輩依序磕頭，當天書房放假一天，吃過午飯，逛廟會、聽戲、看電影，到吃晚飯就一切恢復正常了。家裡長輩時常跟晚輩說：「你的生日是母親受難日，要牢牢記住『母恩難忘』。」所以長尾巴那天跟平日不同，就是讓為人子女者，隨時記得親恩偉大，永矢弗忘。

到了二十歲步入成人階段，生日那天才改口叫過小生日，中午吃打滷麵，或是汆滷麵，晚上約兩位至親友好在小書房弄一兩樣可口小菜，低斟淺酌一番，也不敢聲張是過生日。可是跟小時長尾巴有了差異啦。到了三十歲整生日，如果椿萱並茂，重堂在闈，長輩就要張羅給你過生日了。內地有所謂三十不做、四十不發的說法，除了祠堂的頭依舊照磕不誤外，凡是過份子的至親好友，都要親自前往，說明哪一天請光臨舍下吃麵，甚至於還要向至親的尊長磕頭，這叫做「口請」。北平幅員廣闊，大家又散居四城，早年交通工具只有騾車、馬車，一整天也跑不上四五十家，這個口請差事，人人皆怕，實在不好當，假如把哪家漏下沒請到，還得挑眼落不是呢。

拿舍下來說吧！先曾祖母、先祖母一過花甲之年，每年叫散生日，兒孫們就張羅生日那天要熱鬧熱鬧啦！不是請金麟班大頭公戲（又名托狁），就是八角鼓帶小戲，要不就是韓秉謙、張敬扶的西洋戲法大魔術，或是灤州皮影戲帶燈晚西皮二黃，總要熱鬧一整天。

到了過整生日叫大壽，當然是京腔大戲了。自己家裡先要準備一份班底，不是斌慶社就是富連成，老一輩、小一輩的姑奶奶們搶著給老人家兒祝嘏。你送梅蘭芳，她送楊小樓，有人送程硯秋，也有人送余叔岩。再加上親友中有走票的屆時也要登臺露臉，堂會倒是不爭戲的前後，可是為了什麼角唱什麼戲就傷透腦筋了。有的喜歡看梅蘭芳的古裝紅樓戲，有的喜歡聽他的青衣唱工戲，老姑太太愛看小樓開臉戲，小姑奶奶愛聽小樓淨臉戲，最後鬧得假傳聖旨，說老壽星喜歡哪一齣戲，戲的爭奪戰才算結束。

有一年先曾祖母八旬正慶，天津、上海、青島的親友都趕來拜壽，家裡準備的客房不夠住，只好把舍飯寺的花園飯店包下來。早年紅白事送份金跟現在不一樣，遇上喜慶事意思意思而已，不像現在一桌酒席五千元，送份子的人先合計，送五百元外加捐小飲料，主人家就賠了，所以送一千元才兩不找，或許還能撈摸兩文。因此紅帖滿天飛，反正賠不了，形成「韓信將兵，多多益善」。這種惡習是自己養成的，誰也別怨誰。

北平有一種人專門打聽哪兒有堂會戲，就趕去拿蹭（不花錢聽戲叫拿蹭）。花四五毛錢在南紙店買一副壽聯，請櫃上代書，大搖大擺把壽聯往收禮處一送，然後有知客引領入廳聽戲，等到開席照樣入席大吃大喝。本家跟執事人等知道賀客中有聽蹭戲吃白食的，也都睜一眼閉一眼放來人一馬，不去計較，因為喜慶事圖個順利，誰也不願意較真。

先曾祖母八旬大壽，在北平報子街聚賢堂唱戲，晚飯時楊小樓正演《狀元印》，家四伯父擔任總招待，巡堂至東花廳有位來賓單獨叫了幾個菜，正在大吃大喝，他上前請教姓氏，此人立刻從衣架上取下草帽、馬褂、手杖就往外走，到了大門口被憲兵攔下來，經我一再說項，他才鼠竄而去。如果他隨眾入席，絕不會有人出面干涉，像他這樣大模大樣的點菜，似乎太過分了，聽蹭戲囂張到這個程度，實在是自取其辱了。

先君早卒，北平俗例三十不做、四十不發，我而立之年也沒敢驚動人，良以重堂在闈，我一過生日，就惹三代老人家傷心。渡海來臺，主持某生產事業，未曾攜眷，有一天散值回寓，春擁填駢、高朋滿座，才想起那天是我四十歲生日，都是來拜壽的。大家既然來了，盛情難卻，盡歡而散。

大家何以知道我那一天過生日，怎麼也想不通，後來才知道他們是從履歷表上抄下來的。從此我到任何機關做事，履歷表上出生年月不寫日期，免得讓朋友破費。現在侷處海陬，慈親生未能養，死未能葬，還有什麼心情過生日，所以大家也就不來勉強我了。

自從過了六五之齡，公職退休，兒女們跟一些近親舊屬，每逢我生日之前，總打算給我稱觴一番，依違兩難。前天讀了莊嚴老兄哲嗣莊因那篇〈山路風來草木香〉的文章，其中有一段說：「人到五十，就跟某年某月某日某時某餐吃個爆雙脆、糟溜魚片，不過在心裡記上一筆一樣，這也跟坐火車一站一站的過去，不必心急，只要不出軌，準會到達終點一樣。」

我現年近望八，已經是鹹鴨蛋開水泡飯，清淡得接近淡而無味的時光，從童年、中年、老年都是給人張羅做生日，現在垂老之年實在不願做生日，以免打擾親友跟晚輩太多。從前吳稚老在世最怕做生日，他說他是偷生鬼，如果驚動了閻王爺，就要被小鬼兒抓回去了。他這段說詞，不正是不做生日最好的擋箭牌嗎？

清代後門衙門——內務府

「樹小、房新、畫不古，此人必定是內務府。」這兩句話是一位青年朋友寫出來問我的。他說：「內務府是什麼衙門，遍查榮錄堂印的《縉紳錄》，京裡京外各省衙門，全都刊列，就是沒有內務府。樹小、房新、畫不古又是什麼意思？特地向您請教。」

我說，內務府雖然規模不小，而且在前清是個闊衙門，可是通行全國《縉紳錄》，也就是現在所稱的職員錄，向不列入；偶或有該管開明的堂官，自行印製銜名單訂一本，僅供本衙門同仁參考，並不外售，所以知者不多。舍下因為跟同光以及宣統時期的內務府歷任大臣奎俊、那桐、式續、紹英、耆麟都有來往，所以對於內務府的情形略知一二。

內務府這個衙門，顧名思義，歷朝當然都有這種類似衙門。明朝這些事情向來都歸太監掌理，鬧到後來簡直苞苴公行、專橫跋扈，跟當時的東廠、西廠並駕齊驅，民怨沸騰，成了明朝的致命傷。

清朝有鑑於此，從順治御極就不許太監管事，設置內務府，特任親信大臣管理，有時甚至特派親王兼管，因為它的職權只管皇帝家裡的私事，此外不管任何公事的，清朝官場都管內務府叫「後門衙門」。從前翁同龢相國有一句口頭禪是：「天下大事去問內務府，那不成了笑話了嗎？」由此可見一斑。

清代定制，太監辦事都要秉承內務府指示而行，雍正剛一登基，有曹如意、鄥全福兩個管宮首領太監又張牙舞爪、擅作威福起來，雍正是一位陰鷙嚴刻的皇帝，於是又重申前令，在坤寧宮的丹墀立了一塊鐵碑，上寫「內監問及公事者斬」。於是太監囂張之氣，經此重壓又銷聲匿跡了一個時期。後來雖然也出了安德海、李蓮英、小德張幾個權閹，但比起明朝的劉瑾、魏忠賢等巨奸大憝，那就大巫小巫相去太遠了。

內務府雖然是後門的衙門，可是管轄有油水的機構卻也不少，除了本衙門設有廣儲、慎刑等七司外，管轄範圍有東西皇陵，江南三處織造官也歸它管，還有一個最容易開花帳的是皇帝私人小工廠造辦處。

造辦處

在明朝就有造辦處這個機構，不過規模很小。滿清入關仍循舊制，到了乾隆年間把它擴大起來。這座皇帝御用小工廠，乾隆在位時期，非常重視。皇帝時常到造辦處親自跟員司工匠研究如何改進，絲毫不肯馬虎。有時一件事物修改若干次，甚至毀了重做都在所不惜，所以做出來的東西，不但雅緻而且精巧。因此有些東西流落外間，大家一望而知，出自造辦處巧匠之手。

其中「小器作」專門雕刻紅木器物，如瓶座、燈座、花座、鏡座各種木器上的精工雕刻花牙子，現在故宮博物院陳列的乾隆珍玩小多寶櫃，就是小器作手藝人精心傑作。

「鑄銅作」做宮中五寸以下鑄銅器物，如瓶爐三事、七寶燒藍一類小擺式，色彩華貴絢麗，極為外間珍視，因為做出來的器物，份量特別重，有人說其中摻有金砂，不知真假。

「燒瓷作」燒出來的器物都鐫有「古月軒」三字圖記，所燒各式鼻煙壺，現在已成稀世珍品。當年李壯飛以一萬三代價買了一隻百子圖的鼻煙壺，頗為得意，結果鹽業銀行經理岳乾齋拿出他收藏的百子圖鼻煙壺來比較，色澤、光彩、尺寸完全一樣，可是拿起來用放大鏡一看壺底，大約有十幾隻沙眼，真的一隻晶瑩玉潤，就分出真假來了。

織造

內務府在江寧、蘇州、杭州三處設有三個織造官，銜名就是某處織造。這種官員職級雖然很低，可都是皇帝授意，由內務府派任的。這些織造有一特權，就是可以專摺奏事，所以就是當地方面大員也都畏憚他們三分。他們的職責是專管宮中所用綾羅綢緞、織錦繡花衣飾等等，賞賜官員、宮眷的尺頭，以及演戲所用戲裝行頭，也都由他們承製運京應用。因為他們接觸面廣，職位又低，不太引人注意，康乾時代又出幾名幹員，所以他們除了正式買辦工作之外，又都當了皇帝派在外面的情報官，採購兼情報，財勢薰天，再加上他們出賣風雲雷雨，還能不發財嗎？

有人認為內務府是專管皇帝家私事，內務府用的人大概都是滿洲人了。其實大謬不然，在嘉慶、道光以前，除了內務兼任大臣之外，不但沒有一個滿洲人，而且都是漢人。這些人都是當年滿洲進關入主中原，凡是漢人從戎過來的，十之八九編入隊伍的，叫漢軍旗人；沒有編入隊伍充當雜役的，進關之後，為了安置就一律編入內務府，雖然也算旗籍，但是等級很低。最初旗人分為五等，第一等為滿洲，二等為蒙古，三等為漢軍，四等為內務府旗，五等為包衣旗。咸豐以前限制極嚴，內務府人員，是絕對不准跟貴族通婚媾的，其地位如何就可想而知了。可是後來滿人看內務府當差真發財，就有許多人眼熱，於是滿人進入內務府當差的，漸漸多了起來，有些人甚至發生由旗改漢的怪事。

陵工

皇帝一登基，就由工部會同內務府派員探勘龍眠福地，指派陵工大員興建陵寢，而且要晝夜趕工。既然要趕工，自然陵工費用要優先撥用，深怕突然一下龍光遽奄，陵寢尚未完工，那時監工大員是要砍頭的。可是又不能提早報完工，所以陵寢一開工就全力以赴，把整個陵寢從地宮到御路上的石人、石馬都雕鑿安放齊全，僅僅留著地宮門楣一塊金磚單擺浮擱著，一聲龍馭上賓，立刻由陵工大員具摺申報竣工。陵工是趕工而又不能馬虎的工程，自然工程費用比一般工程費用高出若干。經手三分肥，所以陵工也是內務府一項肥缺。

粵海關

清季海禁未開之前，跟外國通商口岸，只有廣州一處，稅務驗收查核人員是一個特別缺分，永遠是皇帝親自選派。本來榷運是戶部主管的事，與內務府無關，可是出了缺，一定是從內務府員司中選派。三年任滿，仍回內務府當差。北平舍間芳鄰毓朗，做過一任粵海關監督，他家管事的到冬天戴海龍帽子，穿火狐皮襖，出手闊綽非凡，奴僕如此，主人的情形如何就可想而知了。

內務府發財事項

宮廷各處每年都要歲修，這些土木歲修工程都由內務府專辦，普通慶賀生日、滿月等事也都由內務府承辦。至於大婚、萬壽、國殤，或有特大的建築工程，則由工部、禮部，會同內務府辦理。其實有關內廷部分，大家都怕太監和內務府員司在皇帝跟前嘀咕，為了減少麻煩，仍由內務府主稿，別的衙門只不過是具銜而已。

此外，關外皇糧莊田都有莊頭經管，平劇裡霸王莊皇糧莊頭黃隆荃如何橫行不法、魚肉鄉民，足見其勢派之大，他們平日不但收繳皇糧以多報少，而且謊報沃土肥田是薄鹹沙窩，任意盜賣，結果好的莊田陸續都變成內務官員跟有權勢閹人的私產了。此外上駟院、鷹犬處、嚮導處、鑾儀衛等機關，雖然不屬內務府管，可是內務府也要插上一腿。

清朝設立內務府，原本是因為明朝太監職權太大，設立內務府是削弱太監權勢來管制他們的；可是到了後來如李蓮英、小德張一般寵監所說的話，內務府反而奉命唯謹，非照辦不可。因為他們有一套說詞，永遠把老佛爺、皇上說在前頭，這種挾天子以令諸侯的手法不但高明，而且讓內務府大臣非常頭痛。現今內務府已成為歷史上名詞，偶或在故宮檔案中見到內務府的奏摺，詞句欠雅不說，而且有許多錯字，可是像奎樂峰、齊壽民都是翰林院出身，頗有文名的飽學之士，居然讓屬下亂寫一通而不刪改，也就更令人詫怪啦。

閒話陞官圖

每逢農曆新年，闔家老少吃過團圓飯，大家圍聚在一起，總要擲幾把骰子、頂牛、打天九，或是鬥鬥紙牌，我就想起當年在大陸擲文狀元籌、武狀元籌，用骰子擲陞官圖的情景了。

在臺灣跟人一談到陞官圖，知道用「捻捻轉兒」捻出德才功贓而定升黜的，已經是很不錯的了，至於用骰子擲出德才功柔良贓玩法的，除了高陽先生他們幾位雜學豐富、研究歷史的朋友外，甭說看過玩過，就是聽人說過這種陞官圖的人，恐怕也寥寥無幾了。

自從高陽兄在《聯合報》副刊寫過一篇談陞官圖的鴻文之後，文內曾提及筆者雖非官迷，但與他同好，對擲陞官圖都頗有興趣。他輕描淺寫的一句話不要緊，而我則災情慘重了，不但整天電話不停，甚至有幾位讀者，認為我存有此圖，希望我大量影印以便價購。更有兩位同好，希望在我們玩的時候願意讓他們前來參加，大家同樂。想不到這種老掉了牙的玩藝，居然還有偌許人對它有興趣，而且是男女老少皆有，真是吾道不孤，出人意料之外。

記得筆者第一次玩擲骰子的陞官圖，是民國十三年甲子春節，筆者隨侍先慈赴滬，住在李經羲（仲軒）太姻伯府上，仲帥次公子斐君父子先後被嵊縣匪徒綁架勒贖，李府嚴牆三仞，戒備森嚴，簡直變成鎮日足不出戶。長日無聊，於是六七位年紀彷彿的親友湊在一起，以擲陞官圖來消磨歲月。恰好趕上李府續修李氏宗譜，譜局子裡有不少飽學之士，擔任編纂校對工作，薪高事閒，倒都怡然自得。其中有位朱瑞九是仲帥出任雲貴總督時期的總文案，擔任總校，事最清閒，我們玩陞官圖，特地請他執掌名牌運轉。一位周滌垠兄是斐君姻丈出任省長時期的機要秘書，在譜局中只是掛名而已，他頭腦非常精細，就由他給我們管理公注收支。他們二位對於擲出什麼花色，如何躍升轉調，獎罰收支，全都了然於胸，而且一索即得，不勞我們循圖摸索、浪費時間，得以放心去玩，更增加了不少情趣。

這種陞官圖，凡是參加入局，首出公注若干，每人先要拿出兩個代表自己的標誌，最好是一方名章、一枚閒章以資識別。玩上一局，從擲出身到大賀，最快一小時半，慢則兩小時甚至到兩小時半。玩過兩次之後，不但對於有清一代官階黜陟升遷可以洞悉始末，對於何者是官職，何者是差事，自然而然有了明確分野。譬如說，總督一職，淵博如南皮張之洞（香濤），最初他總以為巡撫是總督部屬，有時意見相左，語氣詞色難免有欠謙和，他也漫不經心，等他交卸湖廣總督，巡撫前來「護院」，他這才知道巡撫是當地首席親民之官，並非總督的部屬。因為欽命出任某某地方總督全銜都是太子太保某部尚書再加上總督銜，沒有光頭總督的。而且總督行文是用關防，而非大印，所以早年官場有句俗語，是「文官要長」，指的是總督關防，「武官要方」，指的是駐防將軍的大印。如果不玩陞官圖，我們也弄不清楚的。

我們在上海玩陞官圖時期，因為鎮日閉關，所以一個正月，每天晚飯後總要玩上一兩局以消磨時間，對於清朝官制固然了解了很多，更化解了若干說不出的疑問，並且因此有人著迷，有人上癮。

舍親李榴孫有一天忽發雅興，寫了一篇駢四儷六的小品文，一方面請周瘦鵑、范煙橋、馮叔鸞、錢芥塵幾位報人在上海各大小報為文吹噓，並在新、申兩報刊登廣告，徵求歷代陞官圖，想不到一個期間，居然蒐集到漢、唐、宋、元、明、清各種陞官圖，共有十七張，其中南、北宋竟然有五張之多，明朝的有三張，其中一張叫「忠佞陞官圖」，大概就是高陽兄所說那張啦。

歷代各種各樣的陞官圖雖然繁簡各異，玩法也不相同，唯一相同之點是一律用骰子來擲，至於後來的陞官圖，取消良、柔兩項，又改用「捻捻轉」來捻，就查不出來龍去脈了。

我們搜集歷代的陞官圖，到手之後，趁新鮮都要玩上一兩次。就官制、官階來講，以唐代節度使的權限最為廣泛，南宋、北宋官階雖大致相同，但是南宋官階紊亂，起伏甚大，不合情理之處極多。明、清兩圖，由於清沿明制，官階小異大同，明朝早期陞官圖，黜陟升調大致也都中規中矩。到了明朝後期陞官圖，添上東廠、西廠、錦衣衛，太監可以監軍，官階升降弄得毫無章法，一塌糊塗。從陞官圖上可以看出，明朝宦官權勢已到了無法無天的地步，我想那張圖的製圖人必定是明末清初的人物，對宦官深惡痛絕到極點，用陞官圖發洩一肚子苦水的。

大家玩過歷代陞官圖之後，一致認為清朝陞官圖製作得最為嚴謹合理，與實際很少有相悖之處，所以以後的春節，仍是主張玩清朝陞官圖的居多。不過玩了幾次歷朝的陞官圖，對於歷朝的官制、官階大都有個了解，後來讀史就方便多啦！

前兩年《漢聲雜誌》出版的童玩專輯，底頁有半幅陞官圖，我在工專舉辦的童玩展覽會中，曾向吳美雲女士說明此圖極為難得，如在手邊請撿寄新印後奉還，一直未獲嗣音。後來跟高陽兄談起，他也藏有此圖，現在會同蘇同炳兄研訂校正，把不合實際情形的地方一律加以改正，使其臻於至善盡美，再行新印出來。等高陽那幅藏圖修改大功告成，凡我同好，自當奉邀同作擲圖之遊的。

民間藝術——大鼓和相聲

什錦雜耍組成班子在園子裡上演，是天津娛樂界首開其端的。天津是張園、陶園、大羅天先有雜耍，後來泰康商場、小梨園發揚光大。北平是先有四海昇平，因為地近花街，比較規矩點的人都不願涉足其間，中間沉寂了十多年。後來有人把哈爾飛戲園包下來，專演雜耍，舉凡民間藝術如踢毽子、抖空竹、練飛叉、耍罈子、戲法、單弦、墜子、快書、單弦拉戲、各種大鼓書（在雜耍裡，不管什麼地方的大鼓，只能列為大鼓，不准另外分類的），百戲雜陳，不但社會人士耳目一新，影劇界、梨園行也大力捧場，從此雜耍在娛樂方面才奠定了始基。

雜耍雖然花樣繁多，可是仔細分析起來，大鼓、相聲是其中兩項最受大家歡迎的玩藝。

京韻鼓王劉寶全

談大鼓，首先要說「白髮鼓王」京韻大鼓劉寶全，他是同治年間生人，出身梨園，先學崑腔，後改皮黃；他在毯子工上，很下過幾年工夫，所以他過了古稀之年，腰桿挺直，眉清目朗，白鬍如銀，仍然有股英氣逼人。他最大的長處是不煙不酒，守身如玉，一過五旬就斷了女色，所以他底氣充實，加上嗓筒高亮圓潤，京音拿得穩準，韻角押得嚴正，把崑亂裡邊的精華都譜入大鼓新腔而不著痕跡，比劃刀槍架子邊式俐落，蔚為大鼓界一代宗師，實在不是偶然幸致的。他上臺獻唱一定是長袍馬褂，冬天在長袍上還加一件巴圖魯坎肩，他說這是藝人對主顧應有的禮貌，如果不衫不履，還談什麼敬業迎賓呢！至於晚年在小梨園登臺先漱口，附帶用手帕擦嘴，他說那是因為年紀大了容易口乾，本行規矩有別於平劇的，是不准臺上飲場，這是有愧於中不得已的措施，絕非故意擺譜，請主顧們多多原諒。

劉寶全生前最佩服的是遜清內務府大臣奎樂峰（俊），每逢奎的壽誕頭一天，他必定帶著三弦、胡琴、琵琶、月琴去暖壽。有一天奎大人一高興，在小花廳穿衣鏡前支好鼓架子，讓劉寶全唱了一段《關黃對刀》。因為這個大鼓段裡刀槍架子最多，他愛看使出身段的後影，結果劉初次對著穿衣鏡唱，往前看，越看越毛咕，一段《關黃對刀》唱完，裡面的小褂褲全汗透了。劉自己說，就是在西太后御前獻唱也沒有這麼緊張過，不知是什麼緣故。劉寶全是民國三十一年冬天去世的，他的玩藝沒有傳下來，有的也只是一鱗半爪，實在太可惜了。

梅花鼓王金萬昌

筆者第一次聽金萬昌是在北平哈爾飛，他雖年近花甲，已經步履龍鍾，可是一上場打一通鼓套子，已經讓人叫絕了。梅花大鼓又叫梅花調，行腔媟豔柔媚，跟行雲流水的京韻大鼓又自不同。金萬昌軀幹軒昂，可是唱起來纏綿悱惻，柔靡醉人，在過門行弦的時候所打的鼓套子更能絲絲入扣，令人叫絕。梅花調都是些才子佳人故事，所以他收的徒弟以女唱手為多。他的接棒人是花四寶，嗓音脆亮，婉麗清新，在天津頗受臺下的歡迎，被聽眾捧成梅花鼓后。其實抗戰之前，北平有所謂華北三豔：方紅寶的京韻大鼓，學劉寶全不帶雌音；姚俊英的河南墜子，眉目如畫，長辮委地；郭小霞的梅花大鼓，私淑金萬昌，能模仿她老師金萬昌一張嘴「嗳那」

小腔，噴口音節，閉上眼聽跟金萬昌絲毫不差。郭小霞年輕頑皮，時常管她師傅叫邱吉爾。我有一次問她，妳為什麼叫妳師傅邱吉爾呢？她拉我站在鼓架子上首，讓我斜看金萬昌的長相，果然跟邱吉爾有虎賁中郎之似。據說這個外號是天津名小說家劉雲若給起的，真虧他怎麼想得起來的。

醋溜大鼓王佩臣

我聽王佩臣時，她已然是不施脂粉，素面天然，秋娘老去了。她原本是唱樂亭調梨花大鼓的，她的長處是口齒伶俐，絕不走音，想她唱《王二姊思夫》（又名《摔鏡架》），一句詞有二十七八個字，她唱起來如珠走盤，穩穩當當板眼無差，固然是她的弦師盧成科托襯得嚴，而王佩臣這份功力，也是不作第二人想的。臺下捧場的人多，她唱得就越起勁，她自稱「王佩老大臣」，在絲弦彈過門時候，她能很快的跟臺下聽眾聊天，她說這叫情感交流，臺上臺下打成一片。有時她拿彈弦的盧成科鬥個嘴，俗不傷雅，也能讓大家解酒醒脾。有人說張恨水《啼笑姻緣》中的沈鳳喜，寫的就是王佩臣傷心往事。

南京大中華影劇公司顧無為組織了話劇團遠來平津獻演，顧的兩位夫人盧翠蘭、林如心，也不知聽誰說王佩臣就是張恨水筆下的沈鳳喜，所以一到北平，就託當時華樂園的老闆萬子和跟王佩臣談談，結果是在中央公園來今雨軒見的面，王佩臣把頭髮往上一攏，眉心掐著一點紅美人痧，嘴裡叼著六寸長的象牙煙嘴，穿著一件墨緞子旗袍，敞著脖領，說的又快又土純北平話，顧的女兒寶蓮一看就覺得不像沈鳳喜，談沒多久就結束這次會面。事後王佩臣跟人說：「若干的人都以為張恨水筆下的沈鳳喜影射的就是我，其實我知道恨水所寫沈鳳喜是宗氏雙蘭的妹妹宗玉蘭，大家這一疑惑不要緊，我倒白吃了不少頓中西大菜，我真得謝謝沈鳳喜呢！」

雜耍裡大鼓雖然列為一項，可是範圍最廣，人才最盛，除了以上三種大鼓外，還有「西河大鼓」、「京東大鼓」、「山東大鼓」、「唐山大鼓」、「奉天大鼓」、「滑稽大鼓」等，白雲鵬、白鳳鳴、小黑姑娘、朱璽玲、魏喜奎等各有專精，總之人才濟濟，一時也說之不盡。至於單弦快書、八角鼓、太平歌詞，嚴格說起來，都不屬於大鼓範圍，我們姑且擱在一邊不談，現在就談談相聲吧！

御前犯癮萬人迷

「相聲」是無所不學、皆相其聲的一種技術，所以叫作相聲。相聲的內容不外是說、學、逗、唱，方式有單口相聲、對口相聲、多人相聲三種。單口相聲，一個人坐在桌子後面一人乾說，非有真正功力的高手是叫不住座兒的。北方有一個吉評三純粹以聊閒篇、說笑話為主。華子元以學各位名伶腔調逗樂，又叫「戲迷傳」，其實也是單口相聲。上海有個韓子康，他的單口相聲是以口技來號召。揚州有個朱大麻子，三言兩語能逗得聽眾捧腹大笑，而且所說笑話極少重複，可惜揚州鄉音太重，只能在蘇北里下河跑碼頭，論玩藝實在是冷雋幽默，不可多得。陳含光先生說他聽朱大麻子相聲，至少在一千段以上，只聽過一次《賣扁食》重複了，您說他肚子裡有多少笑話？對口相聲一逗一捧，生動活潑，比單口容易討好，所以比較普遍。至於多人合說相聲，屬於捧場湊熱鬧性質，那就不算是相聲正宗了。

說相聲老一輩的藝人，首推「萬人迷」、「張麻子」兩人，雜耍藝人能夠進清宮御前獻演的，只有「抓髻趙」、「萬人迷」、「張麻子」三人。「萬人迷」常說，他吃過上賞的豌豆黃，還有西太后御用的福壽膏。因為「萬人迷」鴉片煙癮極大，有一次宮裡傳差，他把大煙抽足了興高采烈的跟著傳差的進宮，準備在御前好好露兩手，誰知「抓髻趙」連唱了三段什不閒，他煙癮一過，渾身直冒冷汗，站在那兒連眼皮都抬不起來啦。西太后一看「萬人迷」這副德行，以為他不是得了急症，就是中了邪啦，一問大公主，才知他是犯了煙癮，於是賞了十個煙泡，讓他抽足了再說。誰知「萬人迷」磕頭謝過恩，等不及移燈就火，一揚脖兒就生吞兩個煙泡下肚，其餘八個就揣起來了。精神一振作，連說了《八扇屏》、《大上壽》、《報菜名》三段吃重的活兒，逗得太后龍顏大悅，那次特別賞了一塊打簧金錶還有二十兩銀子。前門外有一位綢緞莊掌櫃的，也是位資深的癮君子，聽說「萬人迷」有八枚御用的煙泡，抽下去能治百病，還能延年益壽，於是千方百計託人跟「萬人迷」情商想把煙泡給勻過來。「萬人迷」一看是隻肥羊好買賣，一個煙泡要用十兩西口土來換，而且最多只讓四個泡兒，人家一一照辦。「萬人迷」得意非凡，後來把這檔子事還編出了相聲，形容犯煙癮的窮凶極惡，令人笑得都肚子痛呢！

得到「萬人迷」傳授的是張壽臣，給他當下手的是陶湘茹，長得一副舅舅不疼姥姥不愛的窩囊相，可是玩藝真地道，你逗我捧，說得是嚴絲合縫、點水不漏。張壽臣的山東話也是他的絕活兒，他能把魯東魯西的話分得清清楚楚。「長腿將軍」

張宗昌在北平住石老娘胡同時候，有一次叫了一檔子雜耍來慶賀端陽，張宗昌要他用登、萊、青的話各說一遍《勸徒弟》，說完正趕上張推牌九坐莊大贏，一高興說這一鍋贏多少都歸你吃紅，結果張壽臣分了七千多塊現大洋，照當時市價算，可以買好幾百畝上則田啦。中國有句俗語是「藝人不富」，他過了幾個月舒心日子也就把這些大洋折騰光啦。

愛國藝人小蘑菇

張壽臣晚年調教出一個好徒弟常寶昆來，常的藝名叫小蘑菇，長得滑頭滑腦，伶牙俐齒，滿嘴新名詞。他的父親叫常連安，在富連成坐科，雖然跟馬連良是師兄弟，可惜祖師爺不賞飯吃，唱、做、念、打，要什麼沒什麼，只好給小蘑菇捧捧哏啦。張壽臣常說：「常連安給兒子捧哏，越捧越不哏，早晚父子倆一塊兒鞠躬下臺。」日子長了，常連安也體會出自己連捧哏都不是塊料，這才洗手收山，每月跟兒子領「退休俸」去當老封君，換上趙佩如給小蘑菇充當下手。小蘑菇到了抗戰期間，在相聲界漸漸成了新派藝人領袖，平津的雜耍園子爭相延聘，他也真肯下工夫，不時編一兩段新鮮玩藝來說。

有一年小蘑菇中秋節在哈爾飛說了一段買月餅應景的故事。他說，有一天他去天橋找「雲裡飛」，走到前門大街正明齋餑餑鋪門口，看見琉璃窗內陳列一隻翻毛月餅，足有七寸盤子那麼大，標價五塊錢，他一時動了孝心，打算買一個回去孝敬他姥姥晚上壓咳嗽。誰知進去一看，那隻磨盤大的月餅比顆象棋子大不了多少，出來看仍舊是大磨盤似的，進去看依然是不丁點。他再仔細一琢磨，敢情月餅前頭放著一枚放大鏡，所以從放大鏡往裡看，月餅自然放大了若干倍。他跟掌櫃的一打聽，掌櫃的說：「在皇軍管制範圍內，麵粉、油、糖都受管制，能做出月餅來賣，已經是皇恩浩蕩了，您別不知足，論大論小啦。」這些話不幾天傳到了日本憲兵隊的耳朵裡去，少不得把小蘑菇抓去問話，雖然第二天就把他放出來，挨揍沒挨揍不得而知，可是足足在炕上躺半個多月才上園子那是事實。日本人提倡大東亞共榮國，華北地區，只能吃混合麵，連洋白麵都吃不著了。小蘑菇在說《開飯館》那段相聲時，借題發揮，他說：「現在可好了，大家要過舒服日子啦，現在洋白麵可落價了，一袋子只賣兩塊二毛五！」（抗戰前夕，北平三陽牌麵粉每袋子二十二公斤確實賣兩塊二毛五一袋子）趙佩如問：「真有那麼便宜嗎？」小蘑菇從懷裡掏出一個獅子牌（日本出品）牙粉袋來說：「就是這種袋子呀！」結果又被狗腿子們弄到日本憲兵隊臭揍一頓。

三番兩次被日本鬼子一折騰，無形之中臺下聽眾心裡都認為小蘑菇是愛國藝人，更歡迎他啦。抗戰一勝利，北平前進指揮所主任張雪中中將，對淪陷區八年抗戰忠貞不屈的教授們每位致贈兩袋子洋白麵，小蘑菇居然也獲得那份榮寵，他自己也覺得這八年艱苦算沒白熬。

假斯文高德明

高德明初籍籍無名，是在電臺上給明明眼鏡公司做廣告，一下子紅起來的。他跟緒德貴是上下手，高德明實大聲洪，說話乾脆俐落，配上緒德貴萎縮窩囊的神情，可以說相得益彰，天生的一對。他有幾段絕活，《永慶昇平》學胖馬說山東話，走《倭瓜鏢》把當年鏢局子接鏢、起鏢、走鏢、收鏢說得頭頭是道。後來他在西單商場啟明茶社說相聲，北京大學有幾位社會學教授每天風雨無阻到啟明茶社聽高德明說相聲。前幾年在臺北逝世的汪氏中文速記發明人汪一丁（怡）教授曾經跟我說，聽高德明的相聲，因為他發音正確，啟發了他不少靈感，有些速記用符號，都是聽他的相聲領悟出來的。高德明雖然讀書不多，僅識之無，可是他別具隻眼，對字畫的鑑賞力甚高。他有兩幅真石濤，也有幾幅假石濤，還有幾幅仿石濤，他能指出布局、筆法、氣韻、點染的優劣，甚至於紙張、圖記、印泥、裱工也能說得頭頭是道。他自己說他就愛山水畫，沒事就到胡佩蘅家看他教學生畫畫，一邊改畫稿，一邊講說畫法的精奧，久而久之，自然而然就變成鑑賞的行家。

同行中有位說相聲叫張傻子的，上過幾年中學，自認是斯文一派，他看高德明是個粗坯，還懂什麼字畫，給他起了個外號叫「假斯文」。有一年夏天，揚仁雅集在中央公園四面廳開扇面大會，張傻子跟高德明一塊兒逛公園，遇見北平清流派畫家溥雪齋、溥松窗兩位畫家也來看畫展。高德明買了兩個扇面，一個是徐燕蓀畫的工筆仕女「紅線盜盒」，一個是惠拓湖畫的青綠山水。溥雪齋看了這兩扇面跟張傻子笑著說：「你們管高德明叫假斯文，可是看他選的這兩個扇面，他對畫的鑑賞能力已經有相當火候，假斯文應當改為真斯文了。」後來高德明在相聲場子裡把這樁事抖露出來，大家才知道高德明看畫，還真有兩把洋刷子呢！

後起之秀侯寶林

相聲界後起之秀是侯寶林，他跟郭啟儒是上下手。侯寶林是外號「大麵包」的朱闊泉的手把徒弟，「大麵包」跟老一輩的相聲名家崇壽峰學過藝，能自編段子，而且合轍押韻，絕對能讓您樂得消痰化氣。可惜是他過分癡肥，精神不能集中，在臺上老想打盹，口齒又不清楚，白天帶著侯寶林趕廟會，或是平民市場擺地攤的場子，到了晚上師徒二人就到花街柳巷串胡同、遞摺子啦。說相聲的下街串胡同，必定有個小手摺，把會說的段子都寫在上面。串妓院有個規矩，只准進北班子遞摺子請姑娘客人點唱，南方班子姑娘都是南花北植，不懂相聲，所以不准進門兜攬生意。據老於此道的說：摺子分摺子裡、摺子外兩種，價碼也兩樣，摺子裡的都是光明正大不帶髒字的段子，摺子外頭的有《八扇屏》、《補襪子》、《西門慶家宴》、《大姑娘洗澡》等等，那就五彩繽紛，黃中帶粉，能讓您聽得面紅耳赤，大把掏錢了。

在敵偽時期，侯寶林漸露頭角，過不幾天，就能編出幾段新玩藝來。他說：聽人家背地裡說，日本人把白米、白麵都供應軍需，愣說混合麵營養衛生，強迫大家來吃。他不信邪，吃了一個禮拜混合麵，得了糞結，愣拉不出屎來；有好心人送了他半小瓶梳頭油，他是恨病吃藥，半瓶油立刻就倒在嘴裡順流而下啦。不一會兒就感覺肚子痛，蹲在茅坑上，一個勁兒「劈里啪啦」拉出一根小劈柴棍兒來，敢情混合麵摻有鋸末子，您說坑人不坑人？

侯寶林嘴甜人緣好，雖然沒人檢舉，可是說了這個段子，也害得他幾天沒敢上園子。最近看新聞報導說，侯寶林當了大學教授，這在雜耍藝人中可算是一種異數，希望他保此天真，一靈不昧，也不枉他師父、師叔們調教他一場啦。

我曾看過的北方廟會

在幼年時節，讀《彭公案》、《施公案》、《七俠五義》、《永慶昇平》等一類舊武俠說部，看到勝官保的龍頭桿棒，能屈能伸，還能暗發子午悶心釘，把敵人一兜一捲，就是一溜滾兒；黃天霸襲先人餘蔭，三枝金鏢迎門三不過；歐陽春七寶刀削鐵如泥，就是白菊花晏飛的紫電劍碰上，也要缺口；山東胖馬大鍘刀，刀沉力猛，面前無三合之將。據說像這樣的英雄人物，偶然間也會在廟會上拉場子賣藝，或是替朋友向同道闖字號爭地盤，顯顯身手。所以北平各定期廟會如隆福寺、護國寺、白塔寺、土地廟，不定期一年一度太陽宮、蟠桃宮，凡是開廟拉有把式場子的，我總要想法去瞧瞧才得心安，以免錯過眼福。

年復一年，雖然一場不漏，但是真正打鬥沒遇上一次，就是有踢場子，也是劍拔弩張，虛張聲勢。眼看動手過招，就有當地有頭有臉、好管閒事的人出來兩邊一說合，小飯館一擺請，滿天雲霧立刻化干戈為玉帛，你兄我弟，又沒有熱鬧可看啦。

有一年三月初三王母娘娘壽誕，北平西便門外蟠桃宮擴大慶祝，加上北平牙行紅果高家老太太八十大壽，重孫子彌月，兩檔子喜慶事，在娘娘神座前搭了一座金飾鱗鬣四戶八牖的戲臺，名為草臺子，實際雕蔓煥彩，比正式戲園子還要雄壯侈麗。據說請來的名角是上海新到的劉藝舟，演的戲碼是《太平天國》，文武場面固然與眾不同，唱做服裝既不像京戲，又不類話劇，新穎別致，讓北平人大開眼界。四眼狗跟陳嘉樑開打真刀真槍，手叉子、二人奪打得套子新奇驚險，而且嚴絲合縫，比平劇《三岔口》還打得火熾猛烈。最後一場曾九帥掘地道攻破金陵城有洋槍火炮，想不到野臺子戲比京腔大戲還來得偉大壯觀，從此對野臺子戲發生極大興趣。後來只要逛天橋，不管是新舞臺、燕舞臺，還是燕仙舞臺、振華舞臺，都要進去張望張望，可是十之八九，是半班戲，不是《夜審周子琴》，就是《花為媒》、《老媽開嗙》俗不可耐的戲文，久而久之也就興趣缺缺了。

有一年中秋節前兩天，先伯祖的拜弟錢三爺來賀節，他早年是北京四霸中赫赫有名的南霸天，不但手上一對日月風火輪功夫好，還能打能接各種暗器，槍法準到不用瞄準能把天上飛鳥打下來。後來被先伯祖說服收為部屬，積功升到把總，辛亥年先伯祖在伊犁去世，他也退歸林下，回到廊房定居，一方面務農，還教幾個徒弟，每逢年節依舊親來舍下道賀的。他這次來拜節，偷偷告訴我說：「離廊房不遠有個村子叫落岱，今年年成不錯，又搭上五穀神農廟落成開光，唱三天草臺子戲，最後有泊頭鎮的精一武館選派四名高手，來落岱跟我們集賢講堂以武會友，你不是一直想看我練功夫嗎？這回我可能要露上一兩手，你如果有興趣，就跟我到京南去玩上兩天。」這種場合我是久已渴欲見識見識，有三爺爺帶我去，家裡也沒有什麼不放心的，所以欣然就道。

神農廟前對著正殿臨時搭有一座戲臺，高有一丈開外，比一般戲臺要寬敞明亮，戲臺兩旁，高搭席棚，也比平地高出三四尺，左邊安置地面上彈壓席，右邊是附近各鄉鎮紳董偕帶眷屬的雅座。錢三爺黑騾子帶篷兒的二套車，卸了騾子，再前轅用二人凳架在戲臺底下正中間。我們入場時，廟前廟後，排滿了吃食攤子，再不就是賣化妝品、零星首飾跟賣耍貨的，雖然擠得人山人海，可是各處通道都有聯莊會人把守，暢通無阻，秩序井然。錢三爺告訴我說待會兒有練把式的，因此戲臺搭得特別結實。臺板是三寸見方木樁子，牛皮繩紮的雙交手，用多大蠻力也別想給戲臺震坍了。我們吃過午飯就進場，坐在二套車上聽戲，得瞧得看，臺上演的《桃花庵》，據說是從唐山約來的名角，服裝嶄新，唱做也很賣力。接下來是一齣武戲《佟家塢》，李萬春童年唱過這齣戲，飾馬玉龍，短打軟紮巾，使鏈子鞭。臺上這位飾馬玉龍的叫趙連升，不知是不是富連成坐科的短打武生，他在臺上摔了五十二個鏇子，摔到三十個就有人叫好，往臺上扔紅包啦。鏇子越摔越衝，紅包扔了滿臺。接下來換了河北梆子《拾玉鐲》，飾劉媒婆的叫孟三省，滿嘴灤州口音；飾傅朋的叫鄧蘭卿，是林鞶卿班裡當家小生；飾孫玉姣的叫金少仙，柔情綽態，顧盼燁然，雙鉤纖纖，走起臺步來搖曳生姿別有風韻。錢三爺說：「金少仙是聯莊會會長汪兆西的義女，大概這齣戲是特煩，汪五爺恐怕還得另外破費幾文呢！」話沒說完，忽然從上場門出來一個愣小子，餓虎撲羊直奔孫玉姣，把她頭面上一枝珠釵很快拔了下來，等金少仙兩手一擋一攬，愣小子一彎腰，把她大紅繡花鳳頭小鞋也脫了下來，轉身跳下臺來，鑽到人群立刻不見。事出突然，場面鑼鼓頓息，只好打住。錢三爺說：「早年當地唱野臺戲有一陋俗，凡是唱到花旦、小丑的玩笑戲，正在打牙涮嘴，如果誰家有年老病人，有孝心的子孫們跑上臺去搶一朵珠花，或是一隻絨花，回去給病人帶上，不但病可痊癒，還能延年益壽。事出孝子奉親，從來沒有人攔過，不過這次搶了頭花，又扒人繡鞋，就近乎輕薄，如果這個愣頭青是泊頭來的，恐怕是衝著汪會長的，那就要惹出是非啦。」追的人回來，人雖然沒追著，有一位小夥子撿到一頂氈子秋帽，帽裡有大順二字，證明是泊頭方面東光的傅大順子幹的好事。

平劇草草終場，換上來是以武會友，有剛才那個岔子，雙方都是臉紅脖子粗的在臺上呶呶不休，錢三爺怕他們惱羞成怒，藉著比武真的動起手來。因為早些年，也是為唱戲，雙方來了一次大械鬥，雙方各有傷亡，若不防患於未然，可能又是一場禍事。錢三爺跟雙方都交情不錯，不能見事縮手，只見他從我身旁一縱身就上了戲臺，雙方對這位老爺子似乎都相當敬重。錢三爺說：「給神農大帝開光唱戲，仰答天庥，本是一樁吉祥事兒，要是因此弄出幾條人命來，就失去原來謝神的誠意啦，為那個獲罪於天，上天降災，豈非得不償失。既經查明傅大順是東光來的人，不管你們雙方有什麼過節，大家不是遠親，就是近鄰，現在既然由我出頭了事，希望給我個老面子，以往泊頭落岱的恩恩怨怨，一概擺過去不提，一床錦被蓋起。就事論事，大順子擄了婦道人家小鞋子，總算輕狂失禮，晚上由我在神前擺請，大順子當眾給金姑娘道個驚、賠個不是，那樁事就算一了百了。」泊頭來人挺身說話的是精一堂二當家的，先還說東說西強詞奪理，還有點不情願。錢三爺一發急，把手上揉的一對鋼膽，沒使勁就捏成鋼片啦！對方一看錢三爺手上功夫，如果不點頭，一定也落不了好回去，本來是自己這方理屈嘛！這一攪亂，以武會友的三場比鬥免得別生枝節自然告吹。我雖然沒有看見錢三爺動傢伙練個三招兩式，這一手捏鋼膽，也就夠瞧老大半天的了。後來我在湖南長沙看顧汝章、柳森巖擺擂臺，聽長沙國術館長萬籟聲說錢子蓮內外功都非常精純，他跟許禹生都是北五省了不起的人物。

民國二十三年，我在北平曾經遇錢三爺的侄公子直庵，我問他神農廟的香火如何，他說今年還唱了一臺酬神戲呢！驀然之間，當年在落岱聽酬神戲的情景又在腦子裡一幕一幕上演，想不到過半世紀之後，文建會為了文藝季居然在北市青年公園仿照《清明上河圖》搭建一座古色古香的戲臺。根據報上刊載的現場圖跟我在落岱所看的戲臺，一座席多於竹，一座竹多於席，此外榱栱蘆簾，桁梧複疊，大致相同。對戲臺尚且肯如此下工夫，可以想見參加的五花八門的民間藝術，必定是千挑百選、精彩絕倫，中國博大精深的民間藝術，不但維繫不墜，進而發揚光大，吾人將拭目以待。

中國舊式戲園子裡的副業

前幾天有幾位臺大中文系的同學，陪著一位法國佬叫費爾德斯的來看我。他們給我介紹，費的祖父做過北洋時代法國公使館的參贊，是一個平劇戲迷，跟北平當時的梨園名角都有交往，尤其唱花臉的，都是他的好朋友。同時他給當時戲園子裡裡外外，及在園子裡做小生意的照了不少奇奇怪怪的照片。費本人是研究歌劇院服裝道具設計製造的，可是他祖父留下的照片，他怎麼看也看不懂；把照片帶到臺灣來，請教他們幾位，也說不出所以然來，所以陪他來跟我談談。

費君說，在歐美稍具規模的劇場，差不多都有酒吧、餐廳等的組織，可是都在演戲、看戲劇場之外，另外有布置輝煌的廳堂廊廡，供觀眾們吸煙燕息。根據他祖父說：「在中國聽戲的地方，喝茶、聽戲是攪在一塊兒的。」就照片上顯示，戲臺下面設有方桌，不但茗具齊全，而且有短衣提壺的往來奔走，豈不攪亂臺下人的聽戲嗎？關於這一點，我告訴他中外不同風俗，最早中國人聽戲的地方叫「茶園」，他們基本營業是賣茶，後來本末倒置，以戲為主，賣茶反而成為副業了。有時自己做，有的包給別人做。他們的包法，是上多少座，交戲園子多少錢。每一個座賣多少錢，是包主的事，園主是不過問的。照片裡有一張，好幾位直著脖子瞪著眼點人數，那就是查座兒呢！樓下大池子、小池子、兩廊、大牆，除了正中有官座是留給軍警督察處抱大令來的官差坐的外，其餘都在這個範圍以內。至於樓上上下場門各留一個包廂，給地面上有關機關招待上級外，其餘包廂散座，就都包給各大飯館子了。各飯館分包到手之後，有客人來吃飯，想聽戲，就告訴飯館子訂座；如果客人想聽廣德樓譚叫天的戲，碰巧這家沒有分到廣德樓的座兒，他可以跟別家飯館串換一下。若是我們自己去訂座，那是絕對訂不到的。在那家飯館吃飯，飯後聽戲，飯館子照例是派夥計去送茶的，這種茶自然比戲園子裡的茶要高明多啦。

包座送吃食

筆者幼年時，世交錢子蓮在清朝是有名的南霸天，先祖把他收服，在京南梁格莊務農授徒。他時常到北平來，一來就住在三義店，來了總要到我家帶我下下小館聽聽戲。他最愛聽楊小樓的武生戲、路三寶的潑旦戲。有一次，我們在泰豐樓吃完午飯，到廣德樓聽路三寶的《馬思遠》，泰豐樓對錢三爺特別恭維，先送水果，後送蜜餞乾果，最後熱騰騰的肉丁饅頭炸春捲，外帶竹筍清湯，鮮芳百品，羅列盈前，我撐得連晚飯都沒吃。我當時曾經想過，這樣殷勤招待，將來這個帳可怎麼算呀！

賣碗茶的

另外有一種人，大約跟園子裡人認識，到了中軸戲一上，他就把現買的極品香片，用將開的滾水沏上一大錫壺，外面罩上保溫棉套提到園子裡來。他們眼睛很尖，一看就知道哪位是落門落檻肯花錢的茶客，趕緊倒上一杯熱騰騰、香噴噴、釅釅適度、冷熱合口的好茶，一碗不夠可以再來，待一會兒轉過再給您斟上一兩杯；等最後武戲一上場，他拿茶葉紙到後臺把水牌上第二天戲的演員七歪八扭抄下來，送給喝過茶的客人看，一方面是討茶客的歡心，二則該叨光您幾文啦。有時他們也會遇上看走了眼的茶座，雖然衣冠齊楚，派頭大方，可是到了該掏錢的時候，不是出手不高，甚至昂然不睬，他們管這種人叫「棒錘」。當年湘南名士袁伯夔初到北平在三慶聽戲，不懂這種喝碗茶給錢的規矩，他每喝總是三、四碗，結果一毛不拔，戲園裡的人給他起了個綽號——水晶棒錘。他跟樊樊山、羅癭公一塊兒去聽戲，樊、羅二位是左一碗右一碗的喝，袁也想喝，人家知道他一毛不拔，就不給他倒，後來羅癭公知道內情，連外號都告訴了袁伯夔。再去聽戲，因為樊、羅二位打過招呼，所以也給他倒上熱茶，他一高興把懷裡打簧金錶賞了賣茶的老頭兒，從此在各戲園裡叫響的「水晶棒錘」變成袁大人了。

賣古玩的

這一打照片裡，有一張托著小木盤賣東西的，這個行當在光緒、宣統年間戲園子裡還很流行，到了民初就少見了。廊房坊二條，琉璃廠、火神廟一些小古玩鋪玉器作，為了招攬顧客，時常派人到戲園子裡去賣點小古玩，大致是漢玉、扳指、煙嘴、印章、鼻煙壺、玉帶鉤、玉牌子，再不然就是文房用具，或是婦女用的簪環首飾、家常日用珠翠。在戲園子裡賣古玩玉器，有三項不成文規定：第一、不准吆喝；第二、只准登樓售賣（因為樓上坐的都是文士官員）；第三、物件須放在托盤裡，不准用帶蓋兒的提籃捧盒。李盛鐸前輩在戲園裡買過一方閱微草堂小琴硯，是紀曉嵐主考以及後來欽點大主考所用的硯臺，硯旁邊款有紀昀親鐫的題記。李得此硯後，視同拱璧，不肯輕易示人，結果還是讓水竹村人徐東海軟磨硬要拿去。李寫了一篇〈煮硯記〉，掞麗雋拔，諷而不傷，的確是一篇幽默好文章。後來大概怕徐東海難為情，所以沒有收入文集裡。江東才子楊雲史也在戲園子買過一隻漢玉秋蟬，玉雖不算十分珣潤，可是雕琢古拙瓊秀，加上他繫在腰裡日夕盤拂，璇玉瑤珠，球琳美備。據說他在北里暱一名花，小字玉蟬，已論嫁娶，突然病逝。他在戲園看見有人兜售佩玉，居然有隻玉蟬，為紀念彼姝，沒有還價，就把那隻玉蟬買下來了。現在知道在戲園子裡賣玉器的人已經不多，這些風流韻事知道的人更是少而又少了。

打手巾把的

根據旡補老人趙次珊說，早先北平的茶園是沒有打手巾把兒的。先是天津下天仙有兩家茶園開始給客人打手巾把，這個風氣到了光緒末年才傳到北平的。早年北平人請朋友下館子吃飯，餘興是戲園子裡聽戲，珍饈肥羜，飲啖之餘，除了酒後思飲，還油汗盈額，能有一把滾熱手巾擦把臉，的確痛快舒服，令人精神為之一振。所以這項生意很快就發達起來，後來因為人人使用，難免傳染各種疾病，一般講求衛生的人不敢使用，加上警察的禁止，大約時興了一二十年就漸歸淘汰。別看他們十條手巾為一捆，樓上樓下，飛來擲去，很少有失手事情發生。在人群裡抛扔自如也得說是一種特別技術，尤其在第一舞臺，從樓下池座扔到三層的散座，毫釐不爽，又得有蠻力，還得會使巧勁，這種手法，絕非一般「力笨頭」所能勝任的。

北平老舊家關家大院何家，有位公子覺得這個行當好玩，愣是跟中和園一個扔手巾把的高手老紀攏眼神，練準頭。何家花園子裡有一座花神祠，玉清金闕，飛簷拂雲，手巾把扔上扔下，已經練到百無一失。跟老紀到園子，脫去長衫客串幾次，也都揮灑自如。有一年冬令救濟大義務戲在第一舞臺連演兩天，這位大爺一定磨煩老紀要去一試身手，頭一天，倒也平安無事，第二天一個揩完臉的手巾把從三樓往池子裡扔，偏偏扔在池座京師警察廳總監李壽金座前的茶壺上，當時濺了李總監一身茶水。李以扔手巾把太冒失，一伸手就給何大少兩個嘴巴！當然惹下一個小麻煩，後來還是王士珍、江朝宗出面擺平，從此何大少因扔手巾把兒，反而變成北平的聞人了。照片裡，有一張是扔手巾把的，可惜看不出是哪家園子，如果是第一舞臺就更精彩啦。

賣雜拌的傻二格

也不知道是什麼人定的規矩，只有賣雜拌的准許在園裡亂串，外帶吆喝。賣雜拌的所賣糖果，不外是花生、瓜子、核桃占、梨膏糖等等。去聽戲的人，多少抓點花生瓜子，買點糖果解悶，要是請客，更是非買不可，否則他老站在你旁邊磨煩，為了耳根清靜，差不多都不等他開口，隨便買點糖豆算啦。

賣雜拌中有個叫傻二格的，據說他是清宮點心房出身，豌豆黃、芸豆捲、木樨棗、五香栗子都做得特別精細好吃。到了民國，就讓煤市橋天成居請了去，專做這幾樣小吃給客人下酒。在午飯已過、晚飯未到時間裡，准許他做幾樣零食到戲園子裡串賣，算是他的外快。前門外戲園子很多，他只去東廣、西廣兩家。東廣是廣和樓，在內市里，富連成科班經常在那裡唱白天。西廣是廣德樓，大柵欄斌慶科班一年三百六十天都在那裡演唱。傻二格愛聽小科班，科班裡未滿師的小學生都管他叫傻二大爺，吃他東西，有錢就給點，腰裡不方便也就算啦。他做的豌豆黃、芸豆捲細緻精美，木樨棗軟硬適度、絕不護皮，五香栗子，口兒割得不深不淺，外皮一剝就掉，所以老主顧看見傻二格，就是當時不想吃，也要買點帶回家去逗小孩。早先富連成不賣女座，真有婦女在樓門口跟傻二格買了包回去的。其實天成居樣樣都有，據說總是沒有傻二格端到戲園子賣的好吃，一鍋煮出來的東西，怎會味道不同，我想無非是心理作祟罷了。照片裡雖然沒有賣雜拌傻二格照片，可是他做的豌豆黃一定嘗過。

賣戲單的

從前演戲既無宣傳，又不貼海報，更沒有新聞紙。每天演的都是哪些戲，事前也沒處去打聽。在程長庚主持精忠廟當廟首時，他做事一筆一畫絲毫不苟。各園戲的戲碼，在頭一天都得定規好了，並須呈報該管衙門，不許更改的，還訂有罰則，非常嚴格。住在戲園附近的人，想聽戲當天到戲園子門裡甬道一看，有一座碑必定是《碰碑》，有幾對錘必定是《八大錘》。到了光緒末年，譚鑫培全盛時代，規矩可就差多啦。老譚的懶散、不守時間，在梨園行是出了名的。他在上演之前，往往不開戲碼，有時定規之後，又常常臨時再改，所以當時的戲迷對譚鑫培有個風評，聽他的戲要碰運氣。齊如老生前跟我說過，叫天有一天原規定演《宋江鬧院坐樓殺惜》，等韓長寶的《紅梅山》武戲上場，忽然傳說叫天嗓音失潤，跟田桂鳳改演《翠屏山》了。觀眾因為許久沒聽他唱武生戲，以為他必定去石秀，及至登場他演的是楊雄。有位年輕氣盛的朋友認為欺人太甚，一個茶壺就扔上臺去，雖然沒有打傷叫天，可是一壺熱茶都濺在飾潘巧雲的田桂鳳身上了。事情鬧進北衙門，要不是當時內務府大臣世續出面斡旋，叫天多少還要吃點苦頭呢！

此後才有送手抄戲單的人出現。一寸多寬，四五寸長小紅紙卷，上面寫著當天所演戲目，只遞到熟臉色的主顧看，看完就捲起來拿走，當然要叨光一兩大枚銅元。再過十幾二十分鐘，就有正式賣戲單的過來了，每張兩大枚，紙的顏色不是粉紅就是鵝黃，據說最初是一位會動腦筋的人用硬豆腐干染鍋煙子印上去的，所以有時模糊不清，簡筆字又令人難解。等第一舞臺開幕，每座奉送有光紙紅字戲單一張，別家戲園子也用鉛字印的戲單子在戲園子裡賣，賣戲單子的人，在戲園子裡也成了正式的行當了。所拍照片雖然沒照出賣戲單的，可是廣和樓貼在樓欄杆上吉祥新戲的海報可拍得很清楚。

賣水煙的

在煙捲尚未時興之前，文雅人士多吸水煙，工商界人愛吸旱煙，到戲園子裡聽戲，懷裡揣著或是腰裡別著一個京八寸旱煙袋，非常方便。要是帶個水煙袋可就太累贅了，於是戲園子裡賣水煙的乃應運而生。他們水煙袋的嘴能屈能伸，拉長了有四尺多長，隔著一兩張茶桌，就能把煙袋嘴遞到您嘴邊了，一隻煙嘴，你含含，我嘬嘬，說起來實在太不衛生，可是當時有人專門喜歡抽這種水煙，覺得夠氣派，有面子，因為同來抽旱煙的朋友，他外帶送紙媒。後來戲園茶桌取消，改成長條椅子，他們擠進擠出太不方便，官廳也認為太不衛生加以禁止，賣水煙的才在戲園消失無蹤。

總之，戲園在早年不完全是聽戲的所在，是休閒、解悶、喝茶的場合，所以副業特別的多，只不過擇其犖犖大者寫幾樣出來。費先生聽了我一席話，覺得比他上兩年戲劇課還有價值，贏得他的千恩萬謝，還獲得深厚友誼。

戲裡的護背旗

香港華聲粵劇團為了參加慶祝雙十國慶活動，專程搭乘華航班機來臺灣，從十月三日起，分別在臺北、臺中、高雄爨演拿手好戲十五場，用表祝賀之忱。團裡正印文武生李文華所紮大靠護背旗有六杆之多，這是平劇裡所罕見的。其實粵劇文武生紮大靠護背旗插六杆者不自李文華始，早年以《夜弔白芙蓉》馳名嶺南的白駒榮演跨海征東的薛禮，紮大靠就插六杆護背旗。旗子插得密，飄帶又多，開打起來，自然後鎧跟護背旗容易裹住撕擄不開，所以平劇、粵劇都以四杆為準，六杆旗就沒有人敢使用了，免得出乖露醜。

談到四方護背旗，當年蓋叫天在上海跟馬連良、王靈珠演《渡瀘江七擒孟獲》，做了一份改良靠就是四方護背旗，試穿開打極不方便，所以一直沒有在舞臺上亮相。後來馬連良回到北平，偏不信邪，讓三義戲莊給他做了一份綠色簇金大靠，四杆四方護背旗，五色纈花，四牡龍紋，美則美矣，他唱全本《秦瓊》曾經穿過一次，開打起來非常彆扭，所以他穿了一次就沒再用。

北平石頭胡同把口大北照相館經理趙燕臣是故都淨角名票，照戲裝相尤為拿手，所以北平梨園行同仁或是票友要照戲裝相，多半是趙燕臣的大作。他勾碎臉線條細膩生動，連侯喜瑞、金少山都佩服他手法高明。連良的跟包馬四立覺得這份護背旗大靠放在躺箱裡礙手礙腳，跟趙燕臣一商量就送到趙燕臣處代為收存，遇到有人出合適價錢，就轉讓別人。我的一位朋友李家麟，最喜歡照戲裝相，每個星期天不上班，就到大北照戲裝相，他照了一百多張戲裝相，紮大靠插四方護背旗的《秦瓊》戲裝，自然不能放過。他不但自己照過，而且攛掇名票李心佛也照了一張，並且放大，掛在照相館大門口，恰巧被富連成的胡盛岩看見。他正應聘要去上海演唱，就把這份四方旗的大靠給買下來，在上海只穿過一次，也是因為開打不方便，這副行頭也就永遠掛起來了。

戲班裡穿大靠，照平劇的規矩，一定是四杆護背旗，只有富連成的許盛奎演草雞大王插一杆護背旗。據說許盛奎嘴饞食量又大，有一次他跟孫盛武、金盛福打賭，贏了五十隻鍋貼，吃得孫、金兩人心疼得不得了。孫盛武是向來慣會使壞的，趁許盛奎扮好戲靠在牆角打盹兒的時候，偷把他護背旗偷偷拔了三杆，因此草雞大王一出場，護背旗只剩一杆，鬧了一個滿堂敞笑，從此許盛奎再飾草雞大王上場，護背旗就變成獨根草啦！

梅蘭芳第一次演《嫦娥奔月》是在東安市場吉祥茶園，名丑高四保（高慶奎之父）扮演兔兒爺，李敬山扮演兔兒奶奶。高的扮相純粹模仿市面攤子上兔爺尊容，勾油臉，畫睫毛，抹柳葉形紅嘴岔，左右各豎一隻長耳朵，綠袍金甲，手持搗藥玉杵乳缽，背後插一杆比護背旗大、比大旗小的特製旗幟，從月宮砌末裡，一把大彩從天而降，真嚇人一跳。後來換了蕭長華，慈瑞泉的兔兒爺就沒有這樣威風啦！近年軍中劇團也有了《嫦娥奔月》這齣戲，可是兔兒爺的扮相就沒有準譜兒了。夏元瑜教授說：「現在劇校同學根本沒見過兔兒爺，所以兔兒爺的扮相就別出心裁，離了大譜啦。」因為談到護背旗，所以順手寫出來給扮演者參考參考。

從龔雲甫想起幾位老旦

《國劇月刊》第七十九期登有一篇〈回憶龔雲甫〉，讓我想起了當年若干老旦行往事。筆者從小就是戲迷，對於老旦、老臉、小丑、小生猶有偏愛。龔雲甫是玉器行票友下海，早期戲單只寫龔處而不標出他的大名，一方面是恭維他，另一方面表示他是票友下海。龔老天生是一種慈祥俊邁老婆婆型，他冬天皮帽子、皮大衣、圍脖子一圍，活脫兒像個老太太。扮起《釣金龜》的康氏，就是個老貧婆；扮起《辭朝》的太后，就是元勳命婦。雖非絕後，至少是空前。比他稍微早一點有個謝寶雲（外號叫「謝一句」）扮相能富貴而不能貧賤，每齣戲只要一個滿堂彩，其餘就敷衍了事啦，和龔老從出場一直卯到底的敬業精神，那就沒法相比了。有一年蘭芳在開明貼《六月雪》（又名《斬竇娥》），特煩龔老的老婆婆，三九天又趕上下大雪，龔老重感冒發高燒，他把郭仲衡找到後臺給他打針、吃藥，到了場上一絲不苟，感動得蘭芳直掉眼淚，下了裝親送龔老回家，馬上又找出一隻吉林老山人參給龔老送去補補中氣。這些舉措足證早年梨園行情誼是多麼淳樸敦厚。

票友松介眉、玉靜塵（**臥雲居士先票友後下海**）都給龔雲甫磕過頭，所以龔老對他倆都是愛護有加。松介眉天賦雖非上駟，可是他對技藝能夠鑽研不捨，持之以恆，永遠保持票友風度，不撒紅票，不拿黑杵，玩藝中規中矩、不離大譜。玉靜塵絕頂聰明，扮相雍容，嗓筒受聽，學玩藝碰爺高興，一齣《長壽星》雲彩蒼勃，吐字亮拔，不作第二人想，後來因為困於煙霞，抗戰末期下海搭班，終至抑鬱以終，非常可惜。

陳文啟也是一位能富貴不能貧賤的老旦。文啟實大聲洪，凝光琬琰，《雁門關》的佘太君是他拿手活，讓他來個《遊六殿》就顯出不十分對了啦。

李多奎有一條好嗓子，曾經拜過龔雲甫，可是他自以為是的地方太多，後來龔也就不盡心指點了。李的胡琴是陸五，手音遒勁，是孫老元後第一人，上得臺去，一個閉著眼猛唱，一個低著頭猛拉。袁項城的女婿薛觀瀾說：「李多奎有一齣戲比龔雲甫都好，那就是《天齊廟斷后龍袍》，李宸妃雙目失明，李多奎橫豎是閉著眼明唱，跟真瞎子一樣。」後來傳到李多奎耳朵裡，閉眼的毛病倒是改了不少，可是一唱大段戲，老毛病還是改不了。他是半路出家，所以臉上、身上都沒戲，因此他搭班，只能唱單挑的幾齣老旦戲。當年程硯秋的四大金剛王又荃、文亮臣、吳富琴、曾連孝背叛了他，改傍新豔秋，程四極想拉攏李多奎加入秋聲社，雖然出重金，李多奎始終不肯點頭。後來李多奎跟人說，程四爺盡是私房本戲，我這老八板的玩藝只能唱前場單挑戲，讓我天天跟他排本戲，實在力有未逮，所以他不願給人做跨刀老旦。李多奎水音特佳，聽說他最喜歡泡澡堂子，每天在大池子連喊帶吊，論水音那是誰也比不了的。紅衛兵造反，他那寧折不彎的性子是不會有什麼便宜的，近兩年也打聽不出他的消息，據梨園行人說，他在紅衛兵造反時，已魂歸天國了。

丑行頭郭春山跟我說過，老旦羅福山原來是唱開口跳的，因為有嗓子，時常客串老旦，本來譚鑫培唱《天雷報》，必定是請慈瑞泉客串姥姥。有一次老譚貼出《青風亭》，慈瑞泉得了重感冒，爬不起炕來。救場如救火，羅福山自告奮勇，把慈瑞泉的戲給接下來，雖然是現鑽鍋，居然跟老譚配合得嚴絲合縫，有此肇因，才激發他改行唱老旦。早年羅福山唱《得意緣．干戈祖餞》，要起大棍來，使出渾身解數，還能落個滿堂好呢！他最大缺點是面目黧黑，扮相太差，所以不能大紅大紫。孫甫亭一直傍著荀慧生，荀的本戲都有他的份兒。黃桂秋在北平唱《春秋配》，一定是孫甫亭的乳娘，他說孫甫亭配戲蓋口嚴謹，「打柴」一場站的地方非常合適，蓋口又嚴，所以旦角唱起就舒服多啦。

文亮臣也是票友下海，後來傍上程硯秋，一些老旦單挑的戲就全擱下了。文的臉上長滿了葡萄坑的小麻子，俗名橘皮臉，扮起來活像積世老婆婆，下臺之後說話動作慢條斯理，也像一個老媽媽，同行背後都叫他文老太婆。他給硯秋配戲從沒誤過事，後來秋聲社四大金剛集體投奔新豔秋，程四把個王又荃恨得牙癢癢，唯獨對文亮臣未出一句怨言。可惜好景不長，新豔秋遭了官司，戲班報散，文亮臣也就改行做小買賣啦。

來臺之後，只聽得杜夫人唱了兩齣滿弓滿調的老旦戲，盛世元音，堪為下一代的楷模。現在各軍中劇團雖也培植了幾位坤角新秀，可是都是雌音太重、中氣不足，遇到大段唱工，很有點替她們提心吊膽的感覺。至於幾位男老旦上得臺去隨隨便便，完全以交代公事為目的，想起當年龔老發高燒到三十九度仍舊咬著牙登臺，那種敬業精神，相去就不可以道里計了。

清明拾零

過了元宵，一晃就是清明，在一年二十四個節氣裡，清明是相當受人重視的，因為清明家家都要上墳掃墓，慎終追遠，緬懷祖德，永綏先靈。

依照太陰曆推算，清明與寒食相隔不過兩天，唐代沈佺期《嶺表寒食》詩：「嶺外逢寒食，春來不見餳，洛中新甲子，明日是清明。」由此看來，寒食清明變成僅隔一日了。

《輿地記》「祭禮」一節說得很清楚：「祭禮，士大夫廟祀，民間不敢立祠堂，清明祭於墓，七月中旬祭於墓，十月一日祭於家，冬至歲暮忌日，俱祭於家。」一千百年來，大陸民間掃墓大都是照此奉行的。

古代寒食例不舉火，相傳是為了紀念介之推被焚綿山的意思，到了清明那天再重複舉火，韋莊詩有「寒食花開千樹雪，清明火出萬家煙」，可為明證。清明所舉之火，稱為新火，在唐朝極為盛行，皇上並於是日舉行清明賜火。民國二十年，筆者在上海名醫丁秉臣（濟萬）府上看到一幅宋人畫無款識工筆《清明賜火圖》手卷，據乃叔仲英說：「乃叔祖澤周公少從御醫馬培學醫，馬以醫治慈禧沉疴而得譽，此幅宋畫即得之上賞。」根據《荊楚歲時》記載：「唐取榆柳之火，以賜群臣。」據說賜火在朝會散時，由近侍將榆柳樹枝點燃後，由皇上親自分賜群臣，即曰新火。群臣拿出宮廷，火已熄滅，但他們拿著柳枝回家插在門首，清明上墳插柳有人說就是因此演變而來的。

有一年我到江西的修水公幹，正趕上清明，當地管清明叫「蛋節」，我覺得很奇怪，同時發現當日家家吃各式各樣做法的蛋。當地鍾姓是大家族，五世同居，人口繁賾，過蛋節更熱鬧。他們把青年男女，分成兩組，一組畫蛋，一組雕蛋。畫蛋是選外殼堅硬的雞蛋或鴨蛋，連殼煮熟，用茜金草榨汁，在蛋殼上蘸汁精繪花鳥蟲魚。起初看不出畫的是什麼，三天後變成淺藍顏色，由深而紫，由紫而紅，把蛋剝開，蛋白上就顯出原繪花鳥蟲魚的圖案來了。

梁節厂先生的哲嗣梁敬，是個石聾子，他對畫蛋深感興趣，他畫畫的基礎又好，曾經送我兩隻得意作品：一是《掃墓圖》，提樽攜榼，車轎驢馬後掛滿楮錠冥鏟，祭者、哭者，酹者，及焚楮錠、除墓草者無不唯妙唯肖。他用的筆是他自己精心研究特製，是什麼原料，如何製法，他就不肯告訴人啦。另一隻繪的是平劇《小上墳》，雖然是寫意畫，可是把蕭素玲、劉祿京眉目傳情神態，都能曲曲傳出，我一直放在書房多寶櫥內。有一天，四小名旦的毛世來來寓，看見《小上墳》畫蛋，喜歡得不忍釋手，最後是強索而去變成他桌上的陳設了。

雕蛋雖然江西、廣東兩省都很盛行，據說高手都出在粵東，所以有「畫瓷粵不如贛，雕蛋贛不如粵。」的說法。他們雕蛋是用細刀將整隻蛋鏤空，把蛋黃、蛋白全部倒出來。故宮剛一開放時，永和宮後殿曾經陳列過一套《二十四孝圖》雕蛋，每隻都有一隻紫檀座子，其雕刻之精細，真是夠得上鬼斧神工了。據說同去參觀的李伯悅學長說：「這一套雕蛋出自他們三水名手于白塘的手筆，蛋的空白地方都可以找出「于」字圖記。這一套雕蛋大概刻了一年多才完成，是當年岑西林以重金買來孝敬慈禧太后的，在廣東官場中曾經轟動一時，不料想能在故宮看到原物，真是眼福不淺。」不過這套雕蛋是否一併裝箱帶到臺灣來，就不得而知了。

「鬥雞」也是清明應節的遊戲，唐明皇在東宮做太子的時候，就喜歡玩鬥雞遊戲，等到他榮登大寶之後，特地在內廷設治「雞坊」，凡民間蓄有峨冠昂尾、鏐毫鐵距、踤踞雄健良種賫送宮廷，可膺重賞。坊內有五百男童專司訓練調飼，其中有一名十三、四歲姣童名叫賈昌的，不但鬥雞走狗，戰陣馳逐樣樣精通，人更軒昂明麗。從清明開始，到立夏雄雞脫毛為止，每逢朔望都要舉行兩三場盛大鬥雞，《天寶逸聞》上說：「每逢鬥雞之日，賈昌冠雕翠繡，兜鍪首鎧，錦袂利屣，金鉞玉斧，拂引群雞，兀立廣場，指揮往返，拊毛振羽，礪喙磨距，抑怒待勝，影隨鞭指，低昂有度。」從以上描述，可以想見唐宮清明鬥雞是多麼壯觀啦。到了宋朝宮廷中把鬥雞的興趣轉移到鬥蟋蟀，鬥雞才漸漸的沒落了。

清明在唐朝又叫做秋千節，唐玄宗是歷朝最會享樂的皇帝了，每逢清明佳節，豎立高架以彩繩懸木，坐立其上，推引飄蕩，謂之「秋千」。在綠肥紅瘦、綠葉丹英之間聳立雕龍的秋千，上面有位輕豔側立、瑁簪珠履的佳人，隨風作式，抑揚飄蕩，玄宗管它叫半仙之戲，這個名詞真是虧他如何想得出來的。時代演變到現在，打秋千已從成人遊戲變成了幼童們運動的項目，沒有玉貌佳人再玩這種遊戲。可是去年我在泰京曼谷，去到一個榮華酒館吃潮川菜，附近有一架丹漆彩繪、高聳入雲的秋千架，問了附近住戶，才知當地就叫「秋千架」。據說這座秋千架建自素可索王朝，係模仿中土式樣建造的，早先每年清明都舉行美女打秋千遊戲，一時車馬喧闐，塞巷填衢，輕蹺競技，還有選美的意味在內呢！

曆書載云：「春分後十五日，斗指丁，為清明，時萬物皆潔齊而清明，蓋時氣清景明，萬物皆顯，故名清明，閨中婦女競著新鞋，出行原野，謂之踏青。」現在每逢週末，無論男女老幼，都以郊外健行為樂，清明踏青已經成為歷史名詞了。

慎終追遠話清明

清明又叫清明節，也是一年裡二十四個節氣之一。中國的節氣，全都跟農事有關，唯獨清明除了與農事有關外，並且含有神秘色彩，可以算是一個極特別的節日。照中國習俗，清明那天，無論南方、北方都要上墳掃墓，所以清明又稱鬼節。

按照中國古禮，凡是神主入祀宗祠家廟之後，所有祭奠都改在神主之前，除非自己住在郊區，墳地就在家門口附近，大概很少有人隨時上墳祭奠的。

祭掃墳塋，簡而言之曰祭塋，《清通禮》載：「歲，寒時及霜降節，拜掃壙塋，屆時素服詣墓，具酒饌及芟剪草木之器，周眂封樹，剪除荊草，故稱掃墓。」

明清兩朝，皇家慎終追遠，對於祭陵特別重視，清朝皇室每年清明、冬至春秋二祭，皇帝必定指派親信王爵或貝子、貝勒，分往東西陵致祭。

皇陵所在，周圍全都築有高大圍牆，圓頂方宇，名為寶城，上完祭後，隨即舉行敷土禮，由兩位職司用黃布一方，兜滿細黃土，把土倒在墳頂上方告禮成。清朝各帝，不但對自己祖宗陵寢誠敬隆周，就連明朝陵寢，也都多方保護，隨時派員修繕，禁止樵牧。寬裕慈惠，所以民間亦能仰念祖德，慎終追遠，蔚為風尚。

早年民間購置塋地，無不認為是一樁大事。安徽省有幾縣，對於龍骨氣穴尤為重視，甚至有些人為了給先人尋覓佳城吉壤，往往停柩在堂，終年奔走，必定要找到一塊有五色土的龍脈興旺地段，請堪輿先生選定塋相，才敢把先人安葬。

大戶人家在立好墳塋同時購置祭田，多者數十頃，少者也要幾十畝，招請鄰近忠實農家代為照拂看管。這種祭田雖然每年也酌收少許地租，大約十之八九全給墳少爺做生活費了。看墳的如果能夠孜孜汲汲，溫良樸拙，不盜賣樹木，也就等於世守其業啦！

北平大戶人家的墳塋，最外一圈多半種柳樹，墳圈子間隔最大的一丈二尺，小者也有八尺。裡圈就種松柏樹了，圍繞墳圈子有如一排松牆子，只留正面墓道，以利進出。看墳的要隨時修剪，讓柳樹井然森列，松柏樹明秀含青。靠近墳地還要蓋有陽宅，正房是給墳主上墳休息、進餐之用，蓋陽宅必定有東西廂房，是準備停靈用的。依照北方規矩，妻子如果早年亡故，不能先行下葬，必先停靈等待，或在廂房土丘，或是磚砌，等先生故後才能一同安葬。

早年，中等以上家庭婦女是很少隨便出門的，唯獨清明、中元、十月初一三大鬼節，婦女們也要上墳哭祭，回程要摘一枝嫩柳芽，別在頭簪子上然後回家，讓人知道是剛上過墳的。北平有一句俗語說「清明不戴柳，死了變黃狗；清明不打牌，死了沒人抬。」就是這樣來的。

婦女並不一定要正日子上墳，要由看墳的進城擇定日期再行前去，看墳的得了確信，打掃陽宅，洗刷門窗，修剪樹木，每座墳前添土拍勻，淨候主人家來上墳了。

北平大戶人家上墳，都帶金銀錫箔去，很少帶燒紙的。至於祭拜則各有不同了，早年都是以豬頭三牲上供，滿洲人用燒燎白煮，後來更趨實惠，有的用盒子菜，或是做幾樣亡人生前喜愛的食物，有人甚至改用鮮花、水果，既簡單又乾脆了。上供的豬頭三牲、燒燎白煮撤供之後，就歸看墳的打牙祭了。看墳的也準備了小米粥、烙餅等，再煮上幾枚油雞蛋給上墳的當午飯，這是久住城市裡的人享受不到的呢！

舍間祖塋在西郊六里屯，襟山帶河，面對望兒山，早春時際，群峰隱現，青翠如洗，風景秀麗，所以每年春秋二季上墳，總有若干親友同去。大家有時坐車，有時騎驢，我們上墳掃墓，他們結伴遊春，真是別有一番情趣。

自從盧溝橋事變，日軍在紅山口一帶設有重兵，自然無法上墳掃墓。如今棲遲海隅，每逢佳節，北望神州，心中真有一種說不出的滋味。我想，來臺的大陸同胞都有同感吧！

我家怎樣過端午

好像過了農曆新年沒多久，一眨眼又到了新蒲泛綠、芳艾凝香的端陽佳節了。這個節日是春夏節氣之交，有些地方稱五月為毒月，因而民間過端午，除了崇賢、育樂，還有避毒、保健的含義在內。

先曾祖妣是農曆五月十一日壽誕，在世之日為了慶生過節，在五月初一之前，廳堂廊廡必定舉行一次大掃除，所有屋宇裡懸掛的匾額鏡幄，一律要移至庭院中拂拭清洗。舊式房屋地上講究鋪墁嚴絲合縫，尺八金磚，所謂金磚就是青石流金、不滲滴水的石磚。清洗金磚要用鋸末子來守（守字是否正字待查），鋸末子分「普杉」、「香細」兩種，要到大的木廠子去買。「普杉」是一般木料鋸下來的木屑，粒粗色雜，「香細」則是陰沉檀楠一類高級木料的細屑。無論「普杉」、「香細」，都是用麻袋裝，論百斤賣，兩者價格，約差二分之一。守地的方法，是桌椅床凳都抬在院子裡拂拭清掃，先要燒幾大壺開水，用畚箕盛滿鋸末撒在方磚上，然後把滾水澆在鋸末子上，用一種特製短把笤帚，蹲下來在磚上推來推去的掃，等泥塵掃淨，換上新鋸末再仔細清掃一遍。講究新出屜的饅頭掉在方磚地上一點灰星都沾不上，才算守乾淨了。一時木香洋溢，在半個月內，都有清新靜穆、一塵不染的感覺。

早年沒有「必安住」、「蠅必立死」、「克蟑」、「拜貢」一類噴霧式的殺蟲劑，可是夏末春初蚊蚋滋生，不過也有防疫驅蟲妙法。每年五月初一，用雄黃、礬塊、獨頭蒜、高粱酒泡在一隻瓷缸子裡，在太陽底下曝晒，晒到端陽正午，用艾葉沾了酒漿，遍灑廳堂廚廊檯桶旮旯，自夏徂秋，確有驅疫防蟲效果。例如人參、當歸一類最怕生霉中藥，用瓷缸下鋪寸厚炒米，藥材放入密封，四周遍灑雄黃酒，絕不發霉生蛀，而且爽爆如新，比諸放在冰箱冷凍庫要高明多了。廚房爐炕碗櫃是「灶馬」（灶馬形似蟋蟀，顏色略黃而小）滋生處所，可是灑過雄黃酒的廚房從未發現灶馬，足證雄黃酒消毒的功效為何啦。

清宮管端午節叫天中節，對於廷臣是例有賞賜的，最名貴的是賞賜綾裱五尺長、三尺寬的硃砂判，整幅「恨福來遲」的判兒，赤幘鞮屨，仗劍夔立，凝視飛蝠。據說全是出自如意館丹青妙手，用胭脂膏子繪製，僅留蝙蝠二目、判官雙睛，由御筆用辰砯親點，點好之後，蝙蝠固然是栩栩如生，判官的雙目怎麼看怎麼瞪著你，所以說有驅厲避邪功效。有的人忽然凶鬼附體亂蹦亂鬧，掛上這種砯砂判，據說鬼就走了，所以得之無不世襲珍藏。民國初年，北平後門一帶古玩鋪，還有清朝歷代帝后寫的福壽字、龍虎字待價而售，但很少有砯砂判兒出售，縱或偶有發現，那比龍虎、福壽字的價錢要貴上好幾倍呢！

清宮端午節，例有賞賜近臣櫻桃、桑椹之舉，一隻五寸大小碟子，鋪上桑葉一張，櫻桃二、三十粒，紅白桑椹等數，由宮監蘇拉賚送到家，除了全家叩首跪謝聖恩之外，宮監蘇拉敬使車力，還得恭敬如儀。這一盤櫻桃、桑椹，人口多的人家，比買整擔櫻桃、桑椹還要貴上幾倍，有的人家準備敬使車力真要頭痛幾天呢！我曾經偷偷問過相熟的太監，端午節何以盡賞櫻桃、桑椹，不賞粽子呢？他們也很詫異，端節各府送賞賜，從來只有櫻桃、桑椹而沒有粽子，他們也猜不透是什麼道理呢！

內廷過端午對於近臣家的兒童也有賞賜，第一是小團扇，扇面上畫的全是工筆嬰戲圖，正中蓋上一方小玉璽。有一年筆者得一把六國封相團扇，據說是畫苑沈恭仿仇十洲原本所繪，雖無款識，但構圖多變，賦色淡雅，迥異凡構，拿在手裡奉揚仁風，頗覺神清氣爽。

每年蠶寶寶一上山作繭，先祖母看見黃、白繭子凡是畸形的，或是特大的，都要特別揀出來做成仙鶴老虎，等過端午節給我跟舍弟陶孫懸掛。有一年發現有兩粒特大的黃繭子，祖母用細竹絲給我做了一個龍船，給舍弟做了一具立體虎形，我們掛上之後，走過大街小巷人人讚美，讓我們兄弟出足了鋒頭。照一般民俗，從初一掛到端陽正午，一定要毀棄擲掉，因為這個龍船做得太玲瓏精巧了，擲了之後，我又撿回來藏在抽屜裡，不時拿出把玩一番。自從先祖母棄養，每年端午家宴，先慈發現我總是眼睛有點紅腫，書僮偷偷告訴先慈說我把玩龍船時曾流了不少眼淚，後來還是把龍船擲了。到了我二十幾歲，每過端節看見小朋友們掛在背上的玎璫玉佩，就想起先祖母的音容笑貌，跟她老人家給我精心製作的小龍船來。

中秋節旨在賞月，所以以晚宴為主，天中節以午火是尚，所以飲饌多取中午，這桌飯雖無山珍海味，可是一切都以接近紅色為首要，名為「雙五十二紅」。素炒紅莧菜、老醃鹹鴨蛋、油爆蝦、三合油拍水紅蘿蔔、胡蘿蔔炒肉丁醬、紅燒黃魚、溫朴拌白菜心、金糕拌梨絲、紅果酪、櫻桃羹、蒜泥白肉、雞血湯，這桌菜以酒菜為主，除了雄黃酒是點綴時令的酒，大家要點綴一番外，真正要喝的酒是狀元紅、女兒紅、玫瑰露。筆者幼年時最喜歡過五月節，菜是些甜涼清淡爽口小菜，各種酒類又暫時對小孩開禁，准許淺嘗兩杯，大明大擺奉官飲酒，真說不出有多高興啦。

「澤畔招魂悲屈子，粽筒投向汨羅湄。」這個節日既然是包粽子投江紀念屈原的，自然家家都要包點粽子來應景兒嘍。

北方有一部分人對於吃有時非常固執，就拿粽子來說吧，吃粽子一定是江米小棗，要不就是裹得緊、冰得透的清水江米白粽子，蘸二貢（白糖）或糖稀來吃。此外，甜鹹南北各式粽子一律被認為全是邪魔外道，絕不進口。我有一位相交四十多年的北平老鄉，在臺灣住了三十多年，直到現在只認江米小棗，真是把他莫可奈何。

粽子花色種類，以廣式花式繁多，不但甜鹹皆備，而且椰絲、蓮蓉、蛋黃都從月餅轉移到粽子上來了。另外廣東有一種駝粽，包法特別，中間凸起來，餡子種類更多，一斤糯米規定包十八隻粽子，駝粽之大可想而知。先樂初公旅粵多年，對於廣式駝粽均有偏嗜，所以每逢端午，舍間總要幾枚廣式駝粽，給樂初公上供。先祖妣有一女傭，我們都叫她辛阿姐，她是昆明人，據說昆明金馬牌坊下有一家專賣雞粽的辛家小館，就是她祖先留下來的。她對於包雞粽自然頗有心得，先祖在世時文芸閣、梁星海都是舍下常客，兩位不但好啖而且量宏，所以端午包幾隻雞粽也成了慣例了。說實在的，其實粽子中以湖州粽子應列為上品，粽子式樣像一隻玲瓏斧頭，甜品中豆沙是洗沙，比北方帶豆皮的豆沙已經味高一籌，餡子不用網油網起來，而且糯米絕不夾生。鹹品中鮮肉、鹹肉、火腿都是剔筋去腥，煮熟之後又渥得到家，所以糯而不膩、鹹淡適中。舍下端節所包湖式粽子不但上供自吃，而且還要分饋親友。現在臺北雖然湖州粽子到處有售，不用自己費事來包，可是嚴格批評起來，比自己家裡包的粽子，色香味三者，似乎還有段距離呢！

一年容易又中秋

中國的三大節日：端午、中秋、除夕。端午注重在午時的端陽酒，中秋注重賞月酒，除夕注重晚間的團圓飯。

北平有句俗語說：「男不拜月，女不祭灶。」當年南開大學校長張伯岑先生講，想起這兩句話的朋友，太有學問啦，請想中秋夜月，天宇澄霽，素魄無瑕，邀幾位俊侶相聚酣飲，是多麼賞心樂事，既不拜月，自然可以在外流連。除夕家家都在慶團圓也無處可去，不留在家裡祭灶，又待何方。所以非絕頂聰明人，想不出這絕妙好詞來。這句俗諺，也不過是說說罷了，依據宮廷記載，康熙每年中秋要在避暑山莊如意洲的鏡湖，或是銀湖舉行祭月大典後初透嫩涼，才啟駕回京。至於乾隆在七旬萬壽興建戒得堂，其中包括鏡香亭、問月樓、群玉亭、含古軒、水面齋，都是乾隆跟群賢賞月吟詩、賜福食吃月餅的地方，以上種種都證明皇帝老倌是照樣拜月的。

中秋節月餅是應時當令的點心，北平月餅只有餑餑鋪賣，分自來紅、自來白、酥皮、翻毛四種，若干年來一成不變，還是獨家生意。不像臺灣，剛剛過完中元節，大街小巷凡是賣吃食的，都想法趕檔子臨時做月餅來賣呢！

北平講究人家買整套月餅來上供，餑餑鋪可以預定，最小五隻一套，最大的十五隻一套。據說乾隆晚年嗜食甜食，他拜月用的月餅最大一隻有三斤重，百果雜陳，眾香發越，奶油重，冰糖多。凡是內侍近臣，能隨侍賞月散福，吃過這種月餅的，無不交口讚美，認為異味。

廣東月餅馳譽南北，椰絲、蓮蓉、蛋黃、百果，比起北方月餅花樣就多了。其實廣東月餅甜膩味重，實非月餅上選，倒是蘇常一帶茶食店所製甜月餅，有玫瑰、桂花蜜漬鮮澄，甜醹九投。鹹月餅有鮮肉、三鮮、火腿，膏潤芳鮮，堪誇細色異味，比起自來紅、自來白實在高明多矣。

北平拜月要供月宮禡，這種神禡有四尺多長，分上下兩格，上一格畫的是諸天菩薩，下一格是玉兔人立持杵搗藥，這種木板印的月宮禡，真有極細緻刻印均佳的，黏在黍楷稈架子上，就成了月宮禡啦。

這種神禡最初原本是香蠟鋪專賣品，可是大小油鹽店也都插上一腳代賣月宮神禡，說真格的，月宮禡跟油鹽店怎麼說也拉不上關係呀！雖曾經請教過民俗專家金受申，他也說不出所以然來，後來請教金息侯（梁），據他說這裡頭沒有什麼深文奧義，北平一般中等以下人家都沒有廚子，家庭主婦不上菜市，每天總要照顧一趟油鹽店，買的菜蔬太多，自己提不動，就要偏勞櫃上小力笨往家裡送了。請一份月宮禡自己不好拿，送月宮禡也就變成油鹽店小力笨們的固定差事啦。各住戶可也不能讓他們白送，大方人家總要破費幾文給小力笨些許剃頭、洗澡錢，油鹽店本來是寄賣神禡，香蠟鋪一看油鹽店真能代銷，也就整批躉給油鹽店啦，久而久之油鹽店變成賣神禡是天經地義的事了。可是神禡種類甚多，油鹽店所賣只限於月宮禡，其餘神禡還是要到香蠟鋪去做的。

拜月除了月餅、鮮果之外，少不得要有帶枝葉的整把毛豆，還有雞冠子花。照老媽媽論來講，家裡如果有懷孕少婦，要準備一隻西瓜，讓孕婦用鎖狗牙方法來切，合口是偶數生閨女，奇數生胖小子，據說還百試百靈。拜月用的雞冠子花，撤供時候要把雞冠子花扔在房上，可以保佑全家老少不會染患痧痲痘疹一些陰惡的病。插神禡的黍稭稈在送神焚禡時，如果有愛尿床的小孩，用來打打小孩的屁股，以後就不溺炕啦。雖然說這些都是迷信，但也增加家人團聚，慶賀中秋的情趣，追來趕去，惹得大家哈哈一笑。

賞月的團圓飯，自然是比較往日豐盛別致，以舍下來說，一定有一盤琵琶鴨子，千里共嬋娟的雞包翅，甜菜是一海碗不劃開的杏仁豆腐，吃時隨吃隨劃，這些無非都是象徵團圓的意思。自從來臺後，每過中秋，最怕賞月，面對素魄誦坡仙《水調歌頭》，鼻子獨是酸酸的，有一種說不出的滋味。在大陸賞月，才能引起舉杯邀明月的豪情逸致呢！

發春獻歲話春聯

除夕用紅紙書寫對仗工整的吉祥語句，貼在門上，謂之「春聯」，俗話叫「對子」，文言叫「對聯」。根據《列朝詩集》記載，春聯自明太祖定鼎金陵，除夕過年御筆親書過一副「國朝謀略無雙士，翰苑文章第一家」的春聯，賞賜近臣陶安，從此家家鐵畫銀鉤，處處錦箋墨寶，與爆竹桃符互相輝映，點染新春，蔚為風尚。除夕貼春聯的習俗，傳到現在，屈指算來已經有六百多年歷史了。

陳含光先生說：「作聯至難，其四言偶句駢文也，五言七言詩也，三字及畸零不整之句詞也，篇成而各為聲調者曲也，非兼工此數者不能為聯，故文人有終身不解作聯語者，蓋其難如此。」

「聯聖」方地山先生則說：「作對字不限字句，不限白話；文言，前人斷章截句也可借為己用，詩文詞曲、俚語方言都可採入為聯，只要安排得勻稱，配合起來，便是佳作。」

兩位前輩說法一位是說難實易，一位是說易實難，其實兩老都是個中高手、一時無兩的。「聯聖」有一年在天津過年，住在國民飯店，忽發雅興，在飯店門前設下一張方桌，安排紙墨筆硯，專門給天津各商號寫嵌字春聯。天津《庸報》發行人葉庸方，曾經設法蒐集起來共得一千二百餘聯，影印裝冊，題名「春聯集萃」；因為其中都是方地山、袁寒雲親筆，得之者莫不視同拱璧。抗戰勝利之前，陳含光姻丈避居揚州洪家花園，及至日寇投降，是年除夕，他以小篆寫了一副春聯，上聯「八年堅臥」，下聯「一旦昇平」。當年寇襲邗江，陳氏不及走避，日本特務機關指使梁逆眾異，遏迫含老出任偽朝，他受盡無數窩囊氣，始終堅忍不屈。他這副春聯雖然僅有八個字，比之杜工部《收薊北》詩，神情激蕩，躍然紙上，是春聯中最為傳神不可多得佳作。

春聯用紙，朱紅、翠綠、柿黃三色都有，最講究的用灑片金碎金銀星。凡是遭父母之喪，在家守制，已過期年，可用淨綠天地頭加藍色的春聯；一般庵觀寺院的春聯都是用淺黃色紙張。最奇怪的是清朝的王府宗室一律懸掛的是白紙春聯外加紅邊、藍邊，其他公侯府邸則跟一般人家一樣，用大紅春聯；如用白色春聯，還犯僭越之罪呢！唯一例外的，是北平翠花街的札公府，他家雖然是世襲罔替鐵帽子公，可是札公府府門所掛春聯是皇帝特准用白色的。據說當年老札公爺扈從皇太極在大凌河與明軍交戰，清軍被困突圍時與皇太極互易戎冠馬褂，以致中箭身亡。後來清軍入關，順治在北京即位，眷念舊勳，御筆親書「開國元勳府，除王第一家」十個字春聯頒賜札公後裔懸掛府門，以彰有功。字體雖不算佳，可是聯語氣勢雄渾，大氣磅礡，的確是帝王口吻。

筆者當年剛學寫篆隸的時候，逢到年尾，族兄冠一住在西單牌樓白廟胡同，該處正好是賣春聯的大本營，一個接一個，排列在馬路邊上，凡是當場能夠揮毫者，生意都不錯，學生們在年終歲末賣春聯，賺點零用錢過年用，總比閒著無聊好。可是北地天寒，一邊研墨一邊烤火也是件苦事。北平一得閣、松古齋的松煙墨汁雖然濃稠適度，寫起字來可以縱意所為，可是寫春聯就派不上用場了。因為寫春聯的紅梅紙一遇反潮天氣，一刷漿糊就墨跡滲透、一片糊塗了，所以家兄春聯攤上，誰要給他助威寫春聯，首先要自己磨墨。我為了一顯身手，費了半天事，手指頭凍僵了，研了一墨海的墨汁。左右那些攤子上，儘管顏、柳、歐、蘇字體的應有盡有，可是能當場寫甲骨、鐘鼎、篆隸的人我算是獨份。我這一寫不要緊，西單牌樓幾家綢緞莊、洋貨店都來捧場，立刻變成門庭若市，一天寫了大小春聯四十多副，寫得我腕直腰酸，給家兄攤子壯大了不少聲勢。第二天還有人到攤子上指名要我寫嵌字大篆的，我一看情勢不妙，就是有人給我磨墨，我也只有敬謝不敏，鑽到附近畫棚子看畫去了。

令人懷念的年畫

一到十冬臘月，北平大街小巷就平添一種市聲，吆喝「畫兒，買畫兒」了。在早年，無論貧富，家家都要買幾張年畫給小孩，有錢的人家都黏在更房、門房、下房，或是護窗板上，鄉間人家就把年畫貼在臥房炕頭上，藉以點綴年景，又可以哄哄孩子。

沿街叫賣年畫，在清末民初，平津兩地都極盛行。雖然全國各省都有這種木刻年畫，可是風格俗雅，各有不同。華北最著名的產地，有天津西邊的楊柳青，俗稱「衛畫」，有深州附近的武強縣，山東濰縣的楊家鋪，華中則有蘇州閶門的山塘路等處。

年畫無論南北，都是用墨線畫成，刻成木板再印，印出來只有墨線輪廓，然後著色。楊柳青年畫，都是挑選年輕女工著色。北方小姑娘多半纏足，不像南方赤腳大仙能夠下田，既然不能到田間工作，針黹之餘，年畫著色就成了她們的副業了。她們著色是一人上一種顏色，先把畫師著好顏色的年畫做樣本，然後在每張上著一種顏色，你塗紅我抹綠，各揀一色，不用換筆，這種分工辦法塗起來非常快速，每個人一天能塗好幾百張。楊柳青因為操作都是女工，比較細緻工巧，產量不多，自然價錢較高，而且僅僅在平津一帶行銷。至於武強、濰縣畫年畫的男女都有，著色迅速粗放，甚至行銷遠及西南雲貴廣大地區。

蘇州年畫，又稱姑蘇版年畫。據《趜庭隨筆》說：「每年重九登高，一直到年尾大市，從山塘路到虎丘，年畫鋪櫛比鱗次，遠地客商爭來搶購，盛極一時。」這一段述說，足證康熙時代姑蘇年畫的好景是如何了。光緒甲辰正科榜眼朱汝珍在他的《玉堂札記》裡說：「太平天國攻陷蘇州，縱火半月，虎丘一帶遭劫最慘。」閶門外山塘路到虎丘，全被匪兵亂民燒擄一空，原有年畫版悉被劈成柴燒。而這些年畫，一般人家都認為是應景點綴，年年換新，沒人留心保存；文人墨客又認為粗俚不文，難登大雅，不屑保存，使得年畫幾近絕跡。到了光緒初年，民間元氣漸復，蘇州年畫才在桃花塢又熱鬧起來，可是藻繪塗丹，跟乾隆年間風格迥異了。

年畫究竟始於何時，現在雖然已經無法詳考，可是當年考古學家福開森氏藏有幾張年畫，經過多位考古家考證，從紙張跟顏料上看，確定是明世宗嘉靖年代的年畫。年畫中有一張是《雲台二十八將》，圖紙角上印有「嘉靖四十一年王二吉製」字樣浮水印，其餘幾張墨色、紙張完全相同。明朝嘉靖年代就有年畫可以確定無疑。

高陽齊如山先生生前對於收藏興趣極濃，他有幾張康熙年畫，跟法國公使館參事杜博斯（**中國年畫收藏家**）珍藏的康熙年代幾十張年畫相互印證，從印工清晰、著色精緻上斷定是康熙年代產物。

自嘉慶以迄道光，年畫大部分是率由舊章原版印鐫，都還不離大譜，經過太平天國蹂躪擄奪的浩劫，康熙年畫已蕩然無存。到了同治、光緒時代，聽說他們幼年都愛聽宮監們給說《七俠五義》、《小五義》民間故事以及公案、說部，影響所及，於是年畫又熱鬧起來。宮中雖然無處張貼，可是宮監們偷偷買進宮去託裱裝訂起來，供小皇上休閒時閱覽。所以這時候年畫如智化沖霄樓盜盟單，被壓在月牙刀下，艾虎借七寶刀削月牙刀救師父；黃天霸拿一枝桃射虎，中鏢倒地，布局、衣飾、神情、姿態都出名匠手筆，刻畫得傳神入理。據說當時有一位年畫師傅叫戴連增，因為年畫淨掙下四五百畝地養老呢！

齊如老有一年在螢橋河邊茶座瀹茗，跟我談到年畫，他說：「年畫約分七類：一是勸善懲惡的畫，二是歷史畫，三是兒童畫，四是風俗畫，五是吉利慶祝畫，六是俏皮歇後語畫，七是戲劇畫。這些年畫，有些是關乎風俗習慣，影響社會人心的好體裁，可惜我們的新舊學者認為是村農野老的玩藝，沒有加以重視。久而久之，自然歸於淘汰，反而是外國人視為中華國粹，想起來真令人可歎。當年日本人在南滿鐵路博物館收藏有幾百張，法國巴黎博物館收藏更多，並且把它分類，我也搜集了兩百多張，可惜都沒帶到臺灣來。」

北平的畫棚子，每年一過臘八，席棚就都搭起來了，都在東四、西單、鼓樓前一帶。其中西單牌樓一處是同懋增、同懋祥兩家南紙店搭的，生意興旺時，晚上點燃兩隻打汽燈，照耀勝過白晝。樣張畫掛五層，要哪一張，立刻有人在畫案格子裡一抽即得，有條有理，據說這種方法，是從舊式衙門裡案卷房學的。北平名小說家耿小的，他小說裡歇後語最多，畫棚子從搭起來那天，他就要去畫棚裡遛達遛達，凡是有歇後語的年畫，他就買回來，作為他寫作的資料，而且運用得當並俏皮。

現在棲遲海陬，想起當年殘冬歲尾逛畫棚子、燈下看畫情形，已經是半甲子以前的事了，現在給兒孫輩講講說說，已經變成老人說古啦！

甲子拾掇

爆竹一聲，獻歲發春，一眨眼又是歲逢甲子了。甲是十干之首，子是十二支之首，以干配支，其變六十，也就是說，要過六十年，才有一次甲子年呢！

干支自古相傳是天皇氏所創，黃帝時大撓氏才以天干配地支來紀年月日時。從黃帝紀元開始，到現在整整七十七個甲子了。

北平名星象家關耐日，雖然學歷不高，可是推算命理有極深的造詣，連林庚白、李栩厂、袁樹珊幾位對子平極有研究的學者，對關耐日都推崇備至。遇到有關命理上的難題，總要找關耐日研究一番，因此關不但在平津頗著聲名，就連上海地皮大王程霖生，雖然對於命理自認博考精研，可是遇到猶豫難決的大事，還專程到北平去求教呢。癸亥年小寒之後轉瞬就是甲子，他打算在上海大馬路買塊地皮，照命理推算甲子跟程的八字沖剋太重，關勸他甲子年以守成為是，千萬不可妄動。結果程麻皮未聽忠告，不但大馬路那塊地皮大虧其本，就是其他地皮生意在甲子年都一敗塗地，從此對關耐日更是五體投地。關說甲子年是干支之首，對一般人來說，都是變動較大，所以勸人這一年善自操持，載舟覆舟、起伏甚大，風險也就險惡，每個人都應當特別謹慎。

筆者在北平時，每年春節，最喜歡逛廠甸，風雅之士多半逛書攤、古玩攤，買些文房用品、書籍、玉器、古玩、字畫，年輕朋友則喝喝茶，吃點小吃，看看熱鬧，買點耍貨。我是一進海王村公園，就往西南角幾個舊貨攤尋寶，在破銅爛鐵堆裡遛達，別看不起那些舊貨攤，有時真藏有曠世奇珍，就看您如何挑選啦！癸亥年，我逛舊貨攤，曾經以一塊二毛錢買一堆夾七夾八的廢物回來，家裡人都笑我有點神經，可是這堆破爛，經我揀選洗刷，在裡面居然發現一寸半長方形的艾葉薰圖章，塵垢淤積，有如一塊土彈。等沖洗乾淨，赫然是一方刀法清邃奇逸陽文的印章，上端刻有一尊低眉趺坐無量壽佛，下刻「甲子吉祥」四個古鉢。更難得的是款邊刻字，全都完整，用側鋒豎刀刻著「甲子貞吉，用以為佩」八個字，下署「稚繩」二字字體較大。

我看這方石章，光致柔厚，刀法古博疏暢，可以斷定絕非出自庸手，可惜不知稚繩是哪一朝代的人。

有一天我到散原先生（陳三立）家送我們《詩鐘雅集》整理後的抄本，順便把那方印章帶去打算請教它的出處，碰巧姚茫父在座，姚氏不但詩書畫三絕，對於金石方面的遺文瑣事，更是摛纂淵博、無所不知。他一看就說這方艾葉藁是難得一見的河北玉田石頭，因為產量極少，又出自水坑，所以知者不多。我請教姚氏稚繩是何許人，他說：「稚繩姓孫名承宗，號愷陽，稚繩是他的字，河北高陽人，生於明世宗嘉靖四十三年，適逢甲子，到了熹宗天啟四年又逢甲子，累官兵部尚書、東宮大學士。他精於六壬紫薇斗數，他認為甲子年是他龍躍天門的吉星，也是虎臥懸崖的惡煞，所以他得了這方名石，就刻了這方印章隨身攜帶以資厭勝。誰知魏忠賢參讒乞歸，清兵攻高陽，率家人拒守，城破投繯死，明謚文定，清謚忠定。」皇天不負苦心人，散原先生也非常高興，我對姚氏的肅括宏深，簡直佩服極了。他笑著對我說，並不是他淵博，而是他剛剛看完明史的《孫文定公列傳》，所以能夠原原本本說出孫稚繩的身世來。後來這件事傳到齊白石先生耳朵裡，他讓他的學生李苦禪借去觀賞，齊老不但敬重孫承宗是位忠臣，對於印章的佛像古鉢認為都是神來之筆，他想讓我價讓，我當然不肯。後來他畫了一張三尺長的條幅，是一座油燈盞，一隻老鼠在燈盞半中腰想往上爬偷油喝，又怕熱油燎首，鼠眼灼灼、趑趄不前。從上面垂下一隻工筆蟢子，遊絲垂直而下，絲約尺多長，是我所看到的齊老七十以後的精心傑作。他託王夢白來跟我情商交換，齊老畫草蟲一向畫得極為雅贍工緻，可是配景有時則嫌粗獷兀危。可是這幅畫刻峭清麗，沒有一筆寫意，全是工筆，又關乎王夢白的面子，只好割愛交換。琉璃廠榮寶齋南紙店的掌櫃何景明在我處看見這幅畫，愛不釋手，時逢甲子，首鼠當令，今朝蟢子飛又是好口彩，他慫恿我印了若干便箋跟請客帖子，版存榮寶齋。他們櫃上也用原圖印了好幾百上千盒的詩箋，數月之間再版了若干次，後來又把箋紙加韾，一直銷到歐美，櫃上算是發了一筆小財。白石老人自從得了這方印，甲子年給人畫的畫、冊頁，凡是得意之作，都蓋上這方印章，前些時看見蔣碧微收存一本冊頁，是白石老人工筆草蟲，每頁左下角就赫然印有「甲子吉祥」四個朱紅字呢！

再過不久又是甲子年了，市井又傳說頭鼠年生的小孩，主大富大貴，又有鼠頭鼠尾的小孩福氣大，一輩子順利的流言。舍親李駿孫、榴孫昆季，不但對於子平均有深厚的研究，曾在上海設立「命學苑」，著有研究命理的專書《新命》行世。他們認為甲子是干支之首，陰氣太重，那一年做事就業都應當謹言慎行。小孩子寧可避開甲子年，榴孫長子就是避開甲子，乙丑年生的。這種五行生剋，我們門外漢不敢妄加月旦，不過像過去的龍年，大家大生龍子龍女，鬧得今年小學一年級都要增班，那就未免太庸人自擾，希望大家不要再隨便起鬨了。

甲子首鼠年鼠談

時光彈指，日月如梭，一眨眼又是一個新甲子，照《爾雅》歲陰歲陽紀年閼逢困敦，又是首鼠當令了。

提起鼠的別名，可就多了：北方叫它「耗子」，南方叫它「老鼠」、「老蟲」，《唐書》稱鼠為「坎精」，《埤雅》稱之為「穴蟲」，《雲仙雜記》謂鼠為「社君」，《正字》通稱鼠為「耗蟲」，韓昌黎因為鼠能站立，前腳能立於頸上，稱之為「禮鼠」，嶺南因為鼠可入供，避諱鼠字，稱之為「家鹿」，此外尚有許許多多別名，恕不一一舉述。

北平有一種耍耗子者，他家養的老鼠，有倉鼠、栗鼠、小白鼠幾種，他能訓練牠們攀梯、跳圈、鑽罎子、走鋼絲各種技能，耍耗子者穿街走巷，他所用的喚頭叫「聶兒姜」，跟嗩吶大致相同，只是喇叭口較大，平常不察，誤為嗩吶。有些大戶人家的小孩把耍耗子的叫到院裡耍上半小時，也不過十個八個銅板，也有人家把訓練好、有技藝的耗子買來玩，一隻耗子就要塊兒八毛啦！

純白小洋鼠，其毛勝雪，有一對紅眼睛，非常可愛，筆者幼年曾養過兩對。後來在學校上生物解剖課，解剖一隻灰鼠，不料灰鼠即將臨盆，開腸破肚後一肚子未長毛的肉鼠，非常噁心，從此對鼠類產生抗拒心理。同時發現「賊眉鼠眼」、「獐頭鼠目」種種有關鼠的成語，再細一端詳，果然鼠的兩眼賊忒忒的實在令人起反感。

舍親阮夫人，從盛年到晚年足足抽了四十多年鴉片煙。她的煙榻設在南窗之下，北方的房屋都是紙糊的頂棚，她抽煙有個習慣，喜歡把煙往棚頂上噴。她去世之後，陰陽先生算定九天回煞，那一天家人都迴避別室，就聽見屋裡翻盆倒甕，嘐嗷嗷，以為回煞顯靈，嚇得誰也不敢進去看看，恐怕被秧打著。第二天大家一齊進屋，發現頂棚有幾塊地方，齧得粉碎，從上面掉下來三四隻老鼠，全都奄奄一息，才知道老鼠們聞煙成癮，一旦煙癮大發，才冒死竄出的。

清朝京師積穀之倉多達十七個，諸如南新倉、北新倉、海運倉、祿米倉、新大倉等都是米糧倉庫，有倉就有鼠，倉鼠飽食終日，毫不怕人。從前稽查京東十七倉的糧官說：「這種倉鼠體重量宏，管倉的工人尊稱它為倉神。老鼠儘管成群結隊來吃糧食，到了盤倉的時候，食耗絕不會超過官訂標準，儘管米都泛了黃色，但從不發生米蛀蟲。有一年新換倉官，是內廷總管崔玉貴的侄子，年輕好勝，很想好好做點事，首先從撲滅倉鼠做起，不到匝月就殺了上萬隻倉鼠，誰知年終盤倉，損耗超過規定標準，監守自盜，按律當斬。後來在白米斜街發現一家大地窖裡堆滿了整窖的精白米十多萬斤，據說都是得罪倉鼠給搬運過去的，後來由崔玉貴內外打點，才改判充軍寧古塔。」這種倉鼠有重達一斤多的，是最有福氣的一種老鼠。

民國二十年筆者初到漢口，住在青年會，總幹事宋如海請我到橋口一家小館吃小籠粉蒸牛肉。小館門前有一棵老槐樹，在兩丈高的樹杈上有大如西瓜的黑灰色鳥巢，飯館夥計說天天一掌燈就有老鼠爬上爬下忙個不停，後來才知道是老鼠在樹上搭窩。我覺得老鼠不在地下掏洞，而在樹上搭窩，真是向所未聞，所以回來後就把這個趣聞告訴了同事李藻蓀兄。他博覽群書，見多識廣，他說：「《後漢書》有『光武建武六年，九月大雨連月，鼠巢樹上。』的記載，武漢三鎮不久恐有大水。」結果長江氾濫，市區陸地行舟，月餘未退，鼠類能憑什麼感覺而趨吉避凶，真令人莫測高深了。

李經羲文孫李栩厂高超清曠，積學雄文，尤精子平。抗戰期間，他累次去貴陽公幹，總是住在世交吳簡齊的唐園，紙窗竹屋燈火清熒，正好夜讀。鄴架所儲珍本古籍不少，於是拿下一本線裝書來瀏覽，誰知書後架上站立一隻毛絨絨小動物。先還以為是一頭花奴，仔細想想又覺著不大對勁，再往裡一看，居然兩腿攏肩兀立未逃，敢情是一隻碩大老鼠。四川老鼠本多，夜間在臥榻上跳來跳去，車輛急馳老鼠過街也時常竄逃不及，斃命輪下，想能拱立而不怕人者實為僅見，韓昌黎所謂的禮鼠，大概就是這種鼠類了。他做了一首《禮鼠贊》，當時詩人曹湘衡、曾小魯等人都有詩唱和，我曾抄下原詩，可惜現在一句也記不得了。

先三伯祖心宸公，曾任湖州府知府。湖州毛筆是全國知名的，先伯祖任滿內遷，當地製筆名手曾子晉送了他老人家兩匣特製大楷、中楷毛筆，中楷就摻有鼠鬚。據曾說：「所謂鼠鬚，其實是以鼠頰下幾根毫毛方稱上選，製成毛筆寫字時，剛柔堅軟，揮灑從心，就是所謂鼠鬚栗毛筆。有人說狼毫就是鼠鬚製成，其實狼毫是鼬鼠毛，俗稱黃鼠狼，而非栗鼠。」當年北平馬大人胡同有一所舊宅，庚子年全家殉難，一直空在那裡，後來賣給青年會辦學校，有三四十年沒打掃過，積塵盈尺，鼠蝟亂竄。月牙河灌水的時候，淹死了二三十隻黃鼠狼，識貨的火伕把鼠屍賣給琉璃廠賀蓮青筆莊製雞狼毫，還得了一筆好價錢呢！

美國是保護野生動物最得力的國家，前年筆者在加州跟幾位朋友在煙波浩瀚、修柯戛雲的太浩湖邊野餐，樹上的松鼠成群結隊，從樹上溜下來覓食，看見石桌放有水果、餅乾，它們對坐在石凳上的遊客毫不畏懼，竄過來就啃。有幾個美國小孩撿石子丟它，這些鼠類視若無睹，照吃不誤。當地一位警員說：「松林樹木有三分之一的針松，已被松鼠啃得樹皮成了光桿兒，居民不堪其擾，齧木器，咬地毯，鬧得人身心俱疲，屢次請派警方協助滅鼠，但數量太多，加上繁殖力驚人，至今尚鮮成效。」中國人常說抱頭鼠竄、膽小如鼠，想不到美國的松鼠如此猖獗膽大，令人不可思議。

筆者屏東寓所，原係日式房屋，後來拆屋改建，當挖地打樁時坑深丈餘，發現有一鼠穴，夜間只聽到坑內鳴聲噭噭極為悽烈，晨起臨視，一隻小田鼠力搏兩隻家鼠，已斃其一。不料小田鼠能咬死大家鼠，古人說：「野鼠鐵爪鋼喙。」

當年曾聽說有一種叫鼯的鼠，俗稱飛鼠，前後兩肢有膜所以能飛，晝伏夜出，聲如兒啼，可是始終未見過。前幾年有事去高雄縣六龜鄉，在鄉間木瓜樹上發現一隻奄奄一息的飛鼠，據說是被一頭果子狸齧傷。恰巧跟我同去的陳先生是獸醫出身，弄了點藥給它敷上，頓飯時間，已能飛騰。有人想要來飼養，我因為這是稀有動物，還是縱之山林，讓它自然繁殖的好，所以把它放了。在療傷敷藥時，把這頭飛鼠看了個清楚，形態跟蝙蝠極為近似，只是毛色黃褐跟蝙蝠的灰黑色有別而已。

上海有一家頗具規模的捲煙公司，民國二十年因受世界經濟不景氣影響，面臨即將收歇命運。董事會正在召開結束會議，會議室木條堊粉的天花板，忽然崩裂，從上面掉下一隻老鼠來，與會人士有人說，老鼠有人稱它為財神，這是大吉大利的預兆，我們何妨出一個金鼠牌捲煙試試。誰知金鼠捲煙一上市，就供不應求鬧猛起來，從此公司業務越做越興旺。後來他們打了一隻純金老鼠，放在天花板架子上，以資紀念。今年歲次甲子正是首鼠當令，希望我們的國家日升月恆，也一天比一天壯大起來。

乙丑談牛

乙丑值年，鞭打春牛

時光輪轉，不覺又是旃蒙赤奮，子鼠隱息，又輪到乙丑值年了。

過了年二十四個節氣，第一個節氣就是立春，在前清時代，所有節氣都由欽天監推算準確，具報上聞，何時立春，並且還要附呈《春牛芒神圖》，屆時由皇帝率領百官，親臨先農壇祇祭芒神，然後鞭打春牛，祈求終年庇蔭，物阜民豐，儀式是非常隆重的。

到了民國，除了舊式曆本還印有《春牛芒神圖》外，祭芒神打春牛祈福的舉動，不但完全停止，現代人對於打春牛這檔子事，甚至於不知是怎麼回事了。

到了洪憲時期，王鐵珊當京兆尹，因為黃河氾濫，冀魯豫三省有的地方旱澇不收，京兆尹又想起來祭春牛。春牛是裱糊店用秫稭稈紮起來的，外塗有色泥土，還用泥土捏了一隻小牛犢子，塞在春牛肚子裡。春牛有幾尺長，幾尺幾寸高，尾長幾尺，都按曆書上所列尺寸（據說牛的形象，頭頸腹尾，甚至脛蹄的顏色，也年各不同）。至於芒神身高幾尺，頭上是雙髻還是單髻，年老年少，穿鞋或赤足，何者是旱年，何者是雨水年，都是各有講究的。

牛黃可治疾病

照中國醫學說法，凡是患有肝臟疾病的牛，可以從內臟裡啟出牛黃來，有的牛黃普通，有的牛黃異常珍貴。北平四大名醫孔伯華，在他書房琴桌上放著一隻大玻璃罩子，裡面放著兩隻雕鏤精巧的紫檀架子。左邊架子上有一隻比鵝卵還大一號的牛黃，顏色灰中泛紫，右邊一塊顏色黃紫相兼，黃中透明。左邊那一隻，據孔伯華說，叫西牛黃，是甘肅一位病患送給他的。像雞卵大小那隻，比大藥鋪所見還大若干，是極為罕見的廣牛黃。兩者治小兒驚風極為有效，西牛黃合以辰砂，醫治癱瘓尤有神效，是他在福州藥市上無心遇上，以高價買來的。風癱患者得病即治，可以痊癒，而且也不會再發。這兩種牛黃，都是可遇不可求的神藥呢！

犛牛可以代步

先伯祖志文貞公在奉令巡察藏邊時，西巴塘察木多的希崙馬拉耶寺有一位聖哲，兩人談得極為投契，在寺裡盤桓了五六天。他把寺裡餵養的一隻奇怪小犛牛送給將軍代步，並且說目前將軍騎從如雲，當然不用它來代步，不過將來總有用得著它的時候。將軍當時未多加留意，只覺得盛情難卻，就把那隻小犛牛帶到伊犁飼養。結果發現，此牛頸有肉瘤凸起，狀如駝峰，試過腳程，真能日行三百不飲不食，而且在沙土泥地奔馳，不顛不躓，平穩異常。不久先文貞公在伊犁殉難，遺體就是這頭犛牛馱到當地靈淵寺入殮的。慌亂之中，據說此牛被一藏胞牽走，當此離亂之中，自己顧不到查訊，後來也就無從查訊矣。先伯祖同年李盛鐸、梁鼎芬從已故立委廣祿聞知此事原委，均有詩哀之，先伯父在伊犁時，常侍將軍左右，曾攝有鞍轡齊全照相一幀，惜在離亂中遺失矣。

畫家以牛為畫題

歷代畫人物的名家，以牛為畫題，傳世的不多，除了故宮現存的《歸牧圖》，蒯壽樞一幅明萬曆年《臥牛圖》，及吳湖帆所藏宋人無款《牛鬥圖》外，留傳畫牛畫軸不多。當年北平有一位畫家李苦禪，想請齊白石老人畫一幅《老子牽牛過古城》，齊白老總是推三阻四不肯動筆，後來李苦禪無意中在曉市買一幀李龍眠畫的《素描十八應真》手卷，卷尾後面還裱著一紙烏金紙，白石先生鑑賞之後，愛得不忍釋手。老人一高興，立刻鋪紙揮墨，仿宋人筆意畫了一幅《老子騎牛過函谷》，青綠山水，人物高近一尺，古牛畫得更是嶔崎歷落，人物意境清朗。老人畫成之後，自己也覺得是神來之筆。苦禪故後，此畫輾轉流入劉海粟先生之手。他曾在上海梁均默先生寓所展示過一次，劉嗣兄尊人劉先禮，跟夏山樓主韓慎先，還有鹽業銀行張伯駒大家一致公認那畫是白石老人最得意佳作。海粟先生故後，此畫流入何人之手，就不得而知矣。

雕竹名家刻牛

龜厂主人袁寒雲，住在天津時，大半住在國民飯店，他收藏的一些金幣古錢，都陳列在一個花梨紫檀多寶格裡，還有不少稀奇古怪的小玩藝。其中有一長逾一尺的牛角，初看顏色潔白，有類象牙，據說是一位印尼朋友送給他的。當時正趕上印鑄局開爐鑄印，所有在北平雕刻的名手都在印鑄局參加工作。其中于嘯軒、沈筱莊都參加鑄印工作。于是刻牙的高手，沈是雕竹名家。沈氏刻了一隻牛，于氏刻了一隻豹。豹據地作勢，砉然長嘯；牛則兩腳後仰，奮力支撐。兩者各具生死搏鬥姿態，奇譎靈動，栩栩如生。寒雲告人其太夫人係夢黑豹入懷而生，故又名豹岑，他認為豹是他的吉星，所以趁于、沈兩人鑄印之便，就在牛角上刻好豹牛相搏的形狀。所刻的牛跟他的豹是相剋的，所以刻一隻蟒牛以示鎮壓。至於所指的蟒牛為誰，他就不肯吐實了。寒雲故後，此物輾轉流落上海尊古齋古玩鋪，其妻舅劉公魯見是寒雲遺物，以大洋五十元購得。沈筱莊南歸，路過上海，尚見此物陳列在劉公魯的書桌上也。

泰縣鬥牛，凶猛刺激

西班牙鬥牛，據說鬥牛者個個長袂利屣，錦衣粲目，鬥到最後劍光如電，一劍將牛刺殺，可惜我未曾見過。某歲，我有事去泰縣，臨近泰縣境內有一小鎮中寶莊，當地有樊、徐兩大族，幾乎每年都舉行鬥牛一次，勝方可先引河水灌溉農田。我既然趕上這樣的盛會，自然不肯錯過，跟著大家前去隨喜。鬥牛共分三場，以體重相同者列為一組，由小牛而大牛，牛背除了銀飾彩仗，身帔鞮鍪，雙角各綁鞞�散尖刀。每隻牛都盡量裝扮得雄武華麗，最後主鬥之牛除有氍毹裹身，並有紫韁鞢帶盛飾增麗，讓人一看就知是主鬥的牛隻。雙方牛隻對陣，先用利角互相封觸，繼之以暗藏利鑊、身上鞮鍪互相撲擊，遇有過分凶悍牛隻，三五回合即能將對手裂腹刲胆、腸肚外流。勝方當場歡呼設宴款客慶功，負方只有垂頭喪氣率眾黯然者退。據聞，徐府已連勝三年，為了維持顏面關係，給牛的製裝費即耗去大洋六七百元，宴客花費尚不在內。

據看過西班牙鬥牛者談，目前西班牙鬥牛已列為觀光客主要節目，真假互見，實在不如中寶莊看鬥牛凶猛刺激也。

神戶牛排，傳自青島

現在西餐館吃牛排已大行其道，好啖的朋友都認為神戶牛排最為細嫩柔滑，殊不知神戶牛排是德國人在青島飼養牛隻而加以改良的。德國人當時佔領青島時，德國總督最嗜吃牛排。諳知青島水深土厚，冬不酷寒，最適牛隻繁殖，故從德國運來一批優良品種牛隻飼育。其後日人佔據青島，此批牛隻由一專家運往日本神戶飼養，並且增添特別飼料，而且用啤酒給牛渾身按摩，牛肉更顯得特別腴嫩滑香。現在所謂特級牛排，其實是從青島德人手上得來的。

張大千擅長牛頭筵

談到吃牛頭筵，宋子文任財政部部長時，偕稅務署長謝祺巡視湘、鄂、贛區海關統稅情形，過經岳陽，當地統稅所長李藻蓀與彼等有舊，特請當地名庖人劉旺福做了一席牛頭筵宴客，並請當地駐軍劉經扶軍長陪客，菜僅八簋二湯，均係出自牛頭，鼎俎庖宰，肥醲調暢毫不膩人。宋、謝兩人胃口均佳，恣饗竟日，羽觴盡醉，此後宋氏在滬每一談及，仍念念不忘也。

大千先生初次蒞平，最好吃春華樓、濟南春兩家，多次邀我同席，目的在邀我提調點菜。渠嘗誇擅長牛頭筵，俟選得上等材料，將親自動手，讓我嘗嘗比岳陽劉庖手段如何，其後一別多年未晤。前數年渠自海外回國，暫住雲和大廈，某夕在臺視看徐露演《二進宮》，又提起欠我一頓牛頭筵，此債非還不可。可是他遷居之後，一方面忙於布置新居，又忙於繪事，牛頭筵之約始終未實現，他已駕返道山矣。

老鄉親

北平書攤兒

在北平，讀書人閒來無事最好的消遣是逛廠甸、遛書攤。廠甸在和平門外，元明時代叫海王村，清初工部所屬的琉璃窯設在該處，所以改名琉璃廠。從廠東到廠西門，街長二里，廛市林立，南北皆同。這些店鋪以古玩、字畫、紙張、書籍、碑帖為正宗，從有清一代到民國抗戰之前，都是文人墨客訪古尋碑、看書買畫的好去處。每年從農曆正月初一起，經市公所核准列市半個月。海王村裡是兒童耍貨，所謂琉璃喇叭、糖葫蘆、大沙雁；各種吃食如涼糕、蜂糕、炸糕、驢打滾、愛窩窩、豆汁、灌腸。小販彷彿各有販地，年年在原地設攤。居中是幾家高搭板臺的茶座，居高臨下得瞧得看，既喝茶，又歇腿。村裡邊邊牙牙地區，就是些像荒貨，又像破爛古玩攤了。海王村外書攤大擺長龍，有些書店在自己門前設攤營業，有的是別處書商趕來湊熱鬧的，大致可分木版書、洋裝書兩類，還有賣雜誌、舊畫報的。吳雷川先生在這種書報攤上，買過八十八本全套的國學萃編；豐子愷收藏《點石齋畫報》，就是遛這種書攤補齊的。

好的宋元明清版本精鐫的古籍，書店恐怕放在外面被風吹日晒，紙張變脆變黃，多半把書名作者，寫在紙條上，夾在別的書裡。紙條垂下來，給買書者看，如果中意，攤上招呼客人的夥計就把客人引進店裡來了。

琉璃廠專賣講究版本的書叫舊書鋪，最有名、存書最多的有翰文齋、來薰閣、二酉堂、經香閣、汲古山房幾家。他們書的來源，多半是由破落戶的舊家整批買進來的，這一撥書裡可能有海內孤本，也可能有鼓兒詞、勸善文，有的到手就能很快賣出去，有的壓上三年五載也沒有人過問；年深日久，一家大書鋪的存書，甚至於比一個圖書館還多、還齊全。舊書鋪的服務，有些地方比圖書館還周到，北平之所以被稱為中國文化中心，由北平舊書鋪就可以看出一些端倪了。

舊書鋪裡，總有兩間窗明几淨的屋子，擺著幾張書案長桌，凡是進來看書的人，有櫃上的徒弟或夥友伺候著，想看什麼書，告訴他們，一會兒就給您拿來。如果參考版本，他可以把這本書不同版本，凡是本鋪有的，全都一函一函地拿出來，任您查對。有的資深夥友，告訴他要找什麼資料，他們還可以一頁一頁的給您翻查。如果有些書客人想看，而本書鋪恰巧沒有，他們知道哪一家有，可以借來給您看。請想想，這種方便，不管是哪家圖書館，不論公私都辦不到吧！

看書時，抽煙櫃上有旱煙、水煙，喝茶有小葉香片、祁門紅茶；如果客人想吃什麼點心，客人掏錢，小徒弟可以跑腿代買，假如您跟櫃上有過交往，由櫃上招待也是常有的事。不但此也，您跟書店相熟之後，酷暑嚴寒您懶得出門，可以寫個便條派人給書鋪送去，櫃上很快就找出送到府上；放上十天半個月，您買下固然好，不買也沒關係，還給他就是了，這就是北平書鋪可愛之處。像南京夫子廟左近也有不少書店，您要看了半天不買，他們繞著彎俏皮您幾句損人的話，能把您鼻子氣歪啦！

清朝光緒年間所謂清流派如張之洞、洪鈞、王仁堪、潘祖蔭、文廷式、盛昱、黃體芳、梁鼎芬、于式枚都是琉璃廠書鋪的常客，既可多看自己手邊沒有的書，又可以以文會友；時常有許多朋友不期而遇，湊在一塊兒研究學問，或是聊聊天。張香濤就是主張多往書鋪看書的，他有兩部專講目錄學的書，初稿就是在二酉堂寫出來的。翰文齋的掌櫃韓克庵，大家都叫他老韓，他對於目錄學、金石學精心汲古，搜隱闡微，能令舒鐵雲、王懿榮他們佩服得五體投地。

民國初年先母舅李錫侯在琉璃廠西門，把先外祖鶴年公累世收藏的古籍、金石整理陳售，開了一家汲古山房。陳師曾、樊雲門、傅藏園、沈尹默、瑞景蘇、柯劭忞都是汲古山房常客。當時我想收集名賢書畫扇面一百把，半年之間不但收集齊全，而且都配好各式各樣扇骨子，由此可見汲古山房當年人文薈萃、朋從之盛了。

初來臺灣時，臺北福州街、廈門街之間，還有幾家書攤鋪可逛，現在如果發現那兒有一套或幾本線裝書，簡直有如沙中淘金，掘到寶藏了。來到臺灣，令人念念不忘的，就是舊書攤了。

北平的人力車

提起北平的人力車，話可長啦，最早北平人叫它「東洋車」，天津人叫它「膠皮」，上海人叫它「黃包車」，後來北平人把東字取消，乾脆就叫「洋車」了。

人力車問世之初，沒有打氣輪胎，而是硬膠帶卡在車圈上的，所以天津人一直叫它膠皮。早年先叔在世的時候，在清史館供職。從舍下到設在天安門左首的太廟，一直都是平坦的大馬路。家裡雖然有敞篷和玻璃篷馬車各一部，可是館長趙次珊、總纂李新吾都是先祖光緒九年癸未科同年，每天都是坐馬車來館，如果他自己也坐馬車到值，怕人家說少不更事，跡近浮誇，所以包了一輛人力車上衙門。

當時人力車都是死膠皮，拉車的又年長了幾歲，反而在館裡博得老牛破車的雅譽。先叔覺得以人力車代步，比起安步當車又高了一籌，何況清史館是個冷衙門，早點、晚點到值也沒什麼關係呢！

過了沒幾年，打氣輪胎的人力車大行其道，大家都覺得人力車又經濟又方便，拉車的又輕快省勁，於是馬車漸漸被淘汰，由自用人力車取而代之啦。自用人力車可到製造廠訂製，車身不用說，是漆得蹭光瓦亮，車軨前輅，鏨花電鍍，車把後軲，起線包銅，輪圈鋼軸擦得是一塵不染，四隻車燈兩長兩短，要黃包車上所有飾件，一律黃銅煆燒，喜歡銀白色的一律電鍍，更顯得乾淨潔亮。車簸箕安上雙腳鈴，車夫在前車把上一邊是手鈴，一邊是四音喇叭。不用說自用車如此講究，就是年輕小夥子拉散車也有這樣刀尺的。有的人把自用車夫夏天穿上淺竹布鑲黑白大雲頭號坎，冬天藍布大紅雲頭號衣，大褂棉襖一甩，讓人一望而去是自用車，免得巡警找麻煩時摸不清底細。

夏天車上掛一塊素色布擋，既避風沙，又免日晒；到了冬天，在零度以下氣溫，西北風颼過真像小刀子割耳削臉的疼，於是人力車都套上深藍或深黑實衲的棉篷子起來。拉車的甩下大棉襖，往腳下一圍，車簾子扣得嚴絲合縫，寒意全蠲。當年地質學者李仲揆（四光），在北平因為工作過分勞瘁一度失眠，冬季他就天天出門聽夜戲，散戲之後，坐有棉篷子的人力車回家，車一晃盪，就引起他的睡意，一覺酣然，他的失眠症居然不藥而癒。還有一位摩登詩人林庚白，在北平住在浸水河，他每天應酬甚多，微醺之後，詩興起來每得佳句，酒醒即忘。他的包月車車篷上裝有一隻電石燈，隨時記錄，他說他的詩詞佳句，十之八九是得自車上。北平舍下大門正對一座磨磚大影壁牆，因對面是馬圈，盡量推展，所以門前顯得特別寬敞，加上兩旁重蔭匝地，修柯戛雲，半人高石灰樹圈子是藏茶具的好地方，左右上馬石，是殺一盤車馬炮的棋架子。舍下人口眾多，人來客往，成了無形的車口兒啦。

先君的乳母，我們尊稱嬤嬤奶，為人慈慧溫良，胸懷夷坦，西城貧苦大眾都叫她楊善人，凡是拉車的想拴個車（買輛新車叫拴個車）、沿街叫賣的小販虧了本，如果真有急用，找到她，只要她老人家手頭鬆活，無不盡力幫忙。賣黃魚、糖三角兒的是她的乾兒子，賣炸糕、打小鼓兒的也叫她乾媽，門口那幫拉散車的十之八九都管她叫好聽的。楊老太太出大門，一邁門檻，大家都搶過來拉，楊老太太坐車從不講價，有時身上不方便並不給錢，可是這般苦哈哈兒們，誰有了難處，楊老太太總是傾囊相助，給他們解決問題。這幫拉車的非常講義氣，楊嬤奶在北平病故，真有不少不認識的人來給她穿孝袍子送葬，足證他們的乾媽乾姥姥沒白疼他們。

我學校畢業，第一次擔任公職是在經界局補了一個主事，位卑職小，如果天天坐著自用馬車上下班，覺得挺彆扭，於是也弄了一輛人力車代步，拉車的人選可麻煩啦。門口拉散車的有「麻陳」、「小回子」、「賈老虎」、「小辮兒」，幾個人都是拉車裡一等一的好手，快而且穩，一些拉車的在街上拉著座兒看見是他們哥幾個，就沒有人敢跟他們賽車的。

有一天我在珠市口開明戲院，聽完梅蘭芳的《貞娥刺虎》散戲出來，一上車就有兩輛各有四隻電石燈的自用車，把我的車夾在中間較起勁兒來。給我拉車的叫小回子，牛高馬大，兩腿快似追風，長勁十足，能夠從西直門一口氣跑到頤和園，而且從不服輸。現在既然有人跟他較勁，他自然求之不得，一過珠市口，我才看清車上兩位靚裝粲麗的美婦，敢情是花國四大金剛的「憶君」、「惜君」姊妹，我想她們一定走胭脂胡同回蒔花館。誰知這兩輛車一直跟著進和平門，走到長安街天街人靜，小回子一使勁，可就把她們拋到後頭了，一直到西單北大街舍飯寺，她們去花園飯店才分手。過沒幾天大律師王勁聞在蒔花館請客，憶君告訴我說，她們兩個車夫耿大、耿二是南城雙傑，我的車夫小回子是西城一霸，不打不相識，他們反而拜把子成了把兄弟了。想不到賽車還賽出這麼多事故由兒出來呢！

民國十六年我到上海，住在舍親李府，他們撥了一部汽車給我代步，我要求他家人力車借給我用。誰知上海自用車跟街車最大不同，一個是方車廂，一個是圓車廂，自用車跑起來顫車把，在北方只有花姑娘的自用車是這樣抖法，想不到上海自用車跑起來全是這副德行，我實在吃不消，又改坐汽車。

我有事去蘇北，經過鎮江，一出火車站就坐上人力車，誰知經過京畿嶺下一個很長的陡坡，拉車的偷懶，他一揚車把，兩腳騰空，順流而下。幸虧車後有一個鐵鏇子把車擋住，否則非鬧個人仰車翻不可。所以後來在鎮江凡是經過京畿嶺，我寧可坐蝸行牛步的轎子，也不坐人力車了。

蘇北的揚州，人一談起來總說「上有天堂，下有蘇杭」，「腰纏十萬貫，騎鶴下揚州」，把個蘇杭、揚州說得天花亂墜。其實這些地方，街道之湫隘實在出乎想像。路面都是石板砌起來的，永遠是濕漉漉一踩一出水，最寬的馬路，也不過僅容一輛吉普一輛人力車擦肩而過，時常有驚心場面出現。所以到了這些地方，我寧可安步當車，也不願坐車。

到了河南省的開封鄭州一帶，人力車車把也裝上一個布篷子，雖然跑來有點兜風，可是拉車免於再直花花的晒，頗為合乎人道主義，而且黃河兩岸土厚沙多，太陽晒在沙土上散熱不易，有個布篷遮陰，的確可以減少驕陽灼膚的痛楚。

民國三十五、六年初到臺灣，臺北市還有不少人力車，輪圈大，座位高，每次下車把腳總是蹲一下，等後來習慣了，人力車也取消了。

抗戰之前，中國各省都有人力車，形形色色，各有優劣，不過仔細衡量一下，北平的人力車還是最令人懷念的。

北平、四川茶館的形形色色

喝茶好像是中國人的特嗜，無論南北大小省分都有茶館，三教九流人人都愛喝茶，除了蘇、浙、皖、粵的茶館以賣點心為主、賣茶為輔，另說另講之外，談到純賣茶的茶館，恐怕以北平、四川兩地的茶館最為多彩多姿啦！

北平大小的清茶館，大街小巷都有，各有各的主道。這路茶館天不亮就挑開灶火，燒上開水了。第一撥是寅末卯初遛早的，以年紀來說，大概都是花甲左右，腰幹挺直、步履輕健的老人；他們把腰腿遛開了，就直奔茶館。這種老主顧自備茶壺、茶葉，毛巾、牙刷都存在櫃上，一進門夥計先打洗臉水，等盥漱已畢，茶也悶得差不多啦，一邊喝著茶，一邊找熟客聊聊天，茶過三巡，讓釅茶涮的肚子覺著有點發空啦，這才信步回家吃早點去。這算茶館最基本茶客。

第二撥是遛鳥的，要天矇矇亮才出門。像紅藍靛頦、白翎，比較嬌嫩一點會哨的鳥，既怕夜霧太重，又怕晨霧太濃，總要耗到晨光熹微，才敢換籠架慢慢往外遛達。勤快的人，早把籠子清洗乾淨，銅活擦得蹭亮，換上食水，一進茶館往罩柵底下一掛，各歸各類，您就聽它們一套跟一套歌唱比賽吧！如果您的鳥有髒口，那就別不識相跟人家清口鳥放在一塊，趕緊掛得遠一點，別讓它把別人的鳥教壞了。從前有一個拉房纖的，是抗肩兒（**抗肩兒是北平特有的行業，他們用一塊寬木板給人搬運撣瓶、帽鏡、玻璃擺設等不經磕碰的物件，或新娘嫁妝等**）的出身，後來改行，脖梗子磨來蹭去長了兩個大肉包，很像駱駝的駝峰，所以大家都叫他傻駱駝。他改做拉房纖生意後很得法，所以也假充斯文，餵鳥、養鳥、聞鼻煙、揉核桃，擺起譜兒來。因為他出身不高，滿嘴匪話總也改不了，他的鳥兒受他耳濡目染，嘴還能乾淨得了嗎？所以他把鳥籠往茶館架子上一掛，不想惹事的人，只有紛紛摘下鳥籠子，趕緊遠遠避開。平素愛走香、會耍中幡的寶三，一向也是一點虧不吃的粗魯漢子，有一天也拎了個鳥籠子到茶館來喝茶，兩雄相遇，雙方鳥兒哨來哨去的結果，都露出髒口；彼此互指對方鳥兒把自己鳥兒帶壞，越說越擰，動起手來。傻駱駝雖然有把子蠻力，如何是寶三真正練家子的對手？三招兩式，一個德克勒（**摔跤的招式**），就把傻駱駝摺在地上，而且動彈不得。幸虧當時偵緝隊隊長馬毓林打此經過，他跟雙方都有個認識，才化解了這場龍爭虎鬥的糾紛。遛鳥兒的茶客能引來不少同好，也頗受茶館歡迎。

第三撥就是一般耍手藝的，名為來喝早茶，實際是等工作，譬如廚師、棚匠。某人應下一宗大生意，可是人手不足，各行各業都有他們固定聚會的茶館，只要到茶館一招呼，問題迎刃而解。北平有句土話「到口子上找跑大棚子準沒錯」，就是到指定茶館找這幫手藝人。

另外一種是說媒拉縴、買賣房地產寫字過契、好管閒事說合官司一類人等。雖然一來一大幫多下茶錢，多給小費，可是一耗一整天，有時候說岔了，翻桌子、踹凳子、飛茶壺、擲茶碗，雖然事後照賠，可就把生意耽誤了，所以茶館並不十分歡迎這路客人。

有些茶館，為了招攬茶客，聘請一檔子說評書先生來拴住茶座。在北平開茶館的跟說評書的先生都有個不錯，十之八九是磕過頭的把兄弟，否則歲尾年頭好日子口您還請不動那些一流好手呢！說評書分大書、小書兩種，大書有《列國》、《三國》、《東漢》、《西漢》、《岳傳》、《明英烈》等類歷史書，小書有《水滸》、《聊齋》、《濟公傳》、《彭公案》、《施公案》、《三俠劍》、《善惡圖》、《綠牡丹》、《五女七貞》、《永慶昇平》、《七俠五義》等等。當年連闊如在天匯軒說《東漢》，王傑魁在永盛館說《七俠五義》，白天帶燈晚給茶館掙的錢真不下於一個小戲園子呢！帶說評書的茶館，上午茶座散了，夥計得連忙收拾，打掃乾淨，下午三點開書，晚飯之前收書，帶燈晚的，要到十一點才散場呢。有一位說《聊齋》名家，專好說燈晚，夜場收書，膽小書客真有一人不敢回家，要搭伴同行，您就可以想到他說書的火候是如何活靈活現了。

春秋佳日在軟紅十丈的都市住久了，就想到郊區野外透透新鮮空氣，尤其北平城裡、鄉間的風土人情一切景觀完全兩樣，出外城過了關廟不遠，就有野茶館兒了。兩三間不起眼的灰棚兒，前面搭了個蘆席棚，棚底下砌了三兩排臺兒，上面抹上青灰就是茶桌，再砌幾個矮墩就算凳子。這種野茶館兒的茶壺、茶碗，雖然五光十色、缺嘴少蓋，可是茶具都是用開水燙過，準保衛生。這種生意以春秋平平，夏天最好；時序交冬，一飄雪花就關門大吉了。

西直門外萬牲園東牆，有一片荷塘，當年慈禧皇太后由此處上船遊幸頤和園，特別蓋了一座船塢，種植桃柳。橋影長虹，風景倒也不俗。看青的老高，在船塢邊上搭了一間寓棚，砌了一個土灶，買幾領蘆席，鋪在柳蔭密處，就賣起茶來。芰荷覆水，吐馥留香；野禽沙鳥，翔泳悠然，似乎比南京的白鷺洲還多幾分野意。所以，每年夏季總會招來不少茶客，席地品茗，仰天嘯傲。可有一宗，就怕來場陣雨，茶客無處避雨只好一擁而散；本來可以賺個十吊八吊的買賣，天公不作美，賣了一天力氣，等於白玩。這家雨來散茶館，老北平去過的很多，現在偶然談起來，還有人念念不忘這種盎然野趣呢！至於什剎海的茶棚、陶然亭的盧家茶館、金魚池的小丁、積水潭的玉淵泉，各有各個味道，一時也說之不盡。

四川人個個都能說善道，據說都是在茶館擺龍門陣擺出來的。農業社會時代，既少消閒地方，又乏交誼場所，特別是年齡較大、腿腳不太俐落的人，重慶山城，上坎下坡，備感吃力，只有到附近的茶館喝喝茶來打發歲月了。同時山城僻壤，法律力量尚不能普及，國人又有屈死不打官司的舊觀念，於是茶館乃成了調解仲裁的處所，吃吃講茶，彼此一遷就，就能把困難糾紛擺平。

西南各省的茶館十之八九是袍哥們開的，他們除了賣茶之外，還有一項重要任務是傳遞幫裡消息，接待救助幫友工作。幫裡兄弟夥，落坐泡茶之後，只要把茶壺、茶碗的蓋擺出個幫裡暗號姿勢，立刻就有幫中人前來盤底，如果入港，三言兩語就把問題解決了。以戰時首都的重慶來說，市中心最熱鬧地段，幾乎沒有什麼茶館，可是一到郊區，這種純吃茶的茶館，就鱗次櫛比，多如繁星啦。這些茶館，差不多都是下江人，也就是四川同胞所指「腳底下人」開的。房子雖然蓬牖茅椽，倒也開敞通風，還有藤編竹紮可供打盹兒的躺椅。抗戰期間，大家流亡在外，萬一晚間找不到地方尋休，跟老闆打個商量，再泡一個茶，也就可以在躺椅上蜷臥一宿，破曉再走了。

重慶和西南各地的茶館，很少有準備香片、龍井、瓜片一類茶葉的，他們泡茶以沱茶為主。沱茶是把茶葉製成文旦大小一個一個的，掰下一塊泡起來，因為壓得磁實，要用滾熱開水悶得透透的，才能出味。喝慣了龍井、香片的人，初喝覺得有點怪怪的，可是細細品嘗，甘而厚重，別有馨逸。有若干人喝沱茶上癮，到現在還念念不忘呢！普洱茶是雲南特產，愛喝普洱茶的人也不少，不過茶資比沱茶要稍微高一點。有的茶客進門來，既不要沱茶，更不要普洱，告訴么師，「來一碗玻璃」。所謂玻璃敢情就是一杯白開水，不知道茶客是刮皮呀還是沒有茶癖，這一點我倒不能不佩服么師的雅量。要玻璃是不花錢的，而么師仍舊春風滿面，毫無不豫之色，實在太難得了。

擺龍門陣是四川哥子們的特長。所謂龍門陣勢擺得廣大高深，越擺越遠，扯到後來離題太遠，簡直不知所云，大家一笑而罷，才算一等一高手。藏園老人傅增湘的老弟傅增瀅說，四川人擺龍門陣，說者要有縱橫一萬里、上下五千年的襟懷；聽者要有虛懷若谷的精神，百聽不厭的耐心，才算龍門陣中高手。簡直把人挖苦透啦。

在茶館兒裡聽人家得意之處，總有人說出「安得兒逸」，起初實在不懂是什麼意思，只覺得他們說這句話時，舌頭一捲，俏皮輕鬆，有一股子特別腔調，說不出的韻味。久而久之才體會出這句話，即上海人所謂「愜意得來」，是不謀而合的意思。龍門陣擺天皇皇地荒荒，詞窮意盡。聽者說：「明天還要起早趕場，你哥子莫涮罎子吧！」再不然來句：「你老哥板凳郎個？」大家也就一笑而散了。這句四川腔，包括了開玩笑、尋開心、吹牛、拍馬、瞎扯、胡說種種意念在內，實在是句攸德咸宜的俏皮話，真虧他們如何想出來的。

初來臺灣時，延平北路當時叫太平町一帶，還有純吃茶的老人茶館，喝喝老人茶來消磨歲月。近來雖然老人茶大行其道，百塊錢一壺，已非一般老人所能負擔，偶或在小街陋巷可能還能找到一兩家舊式老人茶館；至於新興的茶道茶藝館雖然越開越多，可是去古益遠。茶館！茶館！茶館！喝茶的風氣想蓬勃，真正茶館的味道愈淡薄，不久的將來恐怕「茶館」兩字要成為歷史上的名詞啦！

喝茶

自從政府大力倡導喝茶以來，每年都舉行各種品茶會，極品凍頂烏龍一斤要賣到幾萬，研究茶藝的茶館越開越多，茶葉店櫥窗裡陳列的茶具、陶甌瓷碗，嬴鏤雕琢，令人目迷，一時風尚甚至於年輕人都喝起功夫茶、老人茶來。這裡我所談的只是當年過著悠閒生活的人，平常喝茶的情形而已。

北平人有句俗話「早茶、晚酒、飯後煙，快樂似神仙。」本省朋友見面喜歡說「吃飽沒有？」大陸朋友清早一見面，喜歡問您「喝了茶沒有？」足證北方人對喝茶是如何的重視。茶癮大的人早上一睜眼，盥漱之後出門遛完彎兒，直奔自己常去的茶館，等茶沏好悶透，好好的喝上兩碗熱而且釅的茶，所謂衝開龍溝，才能談到吃早點呢！北平人喝茶所用茶葉，以香片、毛尖為主，天津人講究喝大方雨前，安徽人專喝祁門瓜片，江浙人離不開龍井、水仙、碧螺春，西南各省喝慣了普洱、沱茶，再喝別的茶總覺得不夠醇厚擋口。民俗專家張望溪先生說：「到茶館只看客人叫什麼茶，就能猜出他是哪一省人來，雖非十拿九穩，大概也有個八九不離十。」筆者雖無盧仝、陸羽之癖，可是對於茶葉的種類，到口一嘗，能夠分得十分清楚。揚州有個富春花局實際以賣點心出名，老闆陳步雲請我嘗嘗他的茶，我連喝兩碗，也沒喝出所以然來。他家的茶以初喝不澀、久泡不淡馳名蘇北，敢情他的茶是十多種不同茶葉兌出來，非清非紅，郁郁菲菲，就難怪人猜不出來了。

北平宣外有個天興居大茶館，也是西南城遛鳥兒朋友早晨的集散地，他家有一種物美價廉的茶葉叫「高末兒」，不是天天去的遛彎常客他還不賣的。據說他們東家恆星五跟前門外吳德泰茶葉莊的鋪東是磕頭把兄弟，有一年吳德泰清倉底，掃出幾籮茶葉末，正趕上恆四爺在櫃上閒坐聊天，一聞挺香就要了一大包回來，用開水泡了一小壺來喝，醇厚微澀，香留舌本，因為高末裡有極品的茶葉末在內。吳德泰高級香片賣得多，所以他家的高末也特別馝馥。從此每天到天興居喝早茶的客人們知道這個秘密，誰都不帶茶葉，換喝櫃上的高末兒了。

後來早晨遛早的朋友知道這個秘密，到吳德泰買高末兒回家沏著喝，彷彿就沒有在天興居喝的夠味，是否心理作祟，還是天興居另有奧妙，就無從索解了。喝茶固然講究好茶葉，可是茶沏得不好，可能把好茶葉都糟蹋了。就拿高末兒來說吧，水要滾後落開，開水壺要離茶壺近點注水，不能愣砸，葉子要多悶悶再往外倒，否則末子飄滿茶杯，茶香固然隨著茶末飛了，呈現熱湯子味，續第二次水，茶就淡淡如也啦。

北方人喝茶的，日常是先沏一壺多放茶葉，讓它濃而且釅的茶滷，想喝茶時，茶杯裡先倒上三分之一茶滷，然後加熱水，則茶香蘊存，永遠保持茶的芳馨。有些不會沏茶的人，客人來了，抓一把茶葉往玻璃杯裡一放，開水一沏，十之八九茶葉漂在上面，想喝一口，不是喝得滿嘴茶葉，就是燙了舌頭，再不然濃釅苦澀，難以下喉，可是續過一兩次開水後，又變成白水竇章啦！所以在平津到人家作客，茶一端上來，主人家世如何，從端出的茶來看，就可以看出個八九啦。

令人懷念的北平東安市場

在大陸上海有三大公司：永安、先施、新新。香港有惠羅、永安。甚至於現在本省幾個較大縣市，也都有琳琅輝煥的百貨公司，明珠翠羽，蜀錦輕絲，百貨雜陳，可以稱得上無麗不珍，有美皆備了。

可是有一層，是凡久住北平的人，對於北平東安市場總有一種依依眷戀之情，永遠不能去懷的。

東安市場在北平來說，可以算是最具規模、最有名的市場，其他如西單商場、勸業場、第一樓、賓宴華樓、中原公司等等，都沒法子跟它比擬的。

東安市場設在北平東城王府井大街，這塊地方原是清朝一處練兵場。民國前十一年辛丑年間，政府為了整頓市容，奉慈禧皇太后懿旨，把東安門大街一帶的攤商都聚集在這個練兵場來集中營業，這才有個最初的東安市場。

剛一開始，東安市場只有後來東安市場東北角一小塊地方，是以原練兵場為中心，攤販們在練兵場四周搭起棚子來設攤營業，賣的都是一些簡單粗質商品。後來漸漸有雜耍藝人加入，變戲法的、拉洋片的、說相聲的、耍狗熊賣膏藥的，甚至於唱小戲的，也都紛紛在場內租地皮做起生意來。當時規模雖然不大，可是當時的北平，除了東西廟會以外，並沒有什麼消遣場所，既然有這樣一個市場，也就夠吸引一般市民的了。

由於大家的需要，內務府有些善動腦筋的官員，邀集了幾位有錢的太監共同投資，東安市場就這樣一天比一天壯大起來。

擴建後的東安市場，一共有四個大門。正門設在王府井大街，後門設在金魚胡同，前門左側有一道中門，是場內商販進出貨物、裝運搬卸用的，最往南一道門，叫南花園大門。一進正門左手，是市場總管理處，民國成立後，是由市公所社會局、公安局共同組成的。

正門馬路中間是一排固定攤販，頭一家是賣鮮花的，人都叫他狗八，他在豐台有一座大花園，內設苗圃溫室，所以四時有不謝之花，花色極為齊全。別處買不到的鮮花，狗八那兒全有，尤其到了冬天，梔子、茉莉、白蘭、玉蘭、晚香玉、玉春捧，各種濃香冷豔的鮮花，每天都有新貨送來，真是一進正門，就覺得溫淳浥浥，襲人欲醉。

狗八的緊鄰是賣小吃的隆盛發，他家油炸鍋巴顏色乳黃，吃到嘴裡又酥又脆，芝麻餡的雞蛋捲，自己吃、當禮物送人都好。成匣的冰糖核桃，是糖葫蘆中高級品。他還代賣保定府的雞腸，烤熟了夾火燒吃，現在想起來還讓人流口水呢！

緊跟著是一家賣蜜餞的，蜜餞山裡紅、海棠、溫朴都不比前門外九龍齋差。尤其他家的果子乾，紅果酸甜度恰好，每天一到下午三點，冰糖葫蘆一出鍋，小夥計一聲「葫蘆剛得呀」，整條正街都聽得清清楚楚，也算是東安市場一絕。

正街兩旁除了一家金店，其餘幾家都是賣男女便鞋、皮鞋的，據說有一家專賣繡花鞋的尺碼最齊全，從六寸到三寸，尺碼無一不全，有些住在西南城的大家閨秀，還特地趕到東安市場做繡花緞子鞋呢！

正在東安市場生意日趨蓬勃的時候，袁世凱因為不願意南下就任大總統，唆使曹錕部隊兵變，到處搶當鋪、燒民宅，東安市場的丹桂商場，一夜之間燒得精光。後來整條正街又重新修蓋起來，上面全加蓋鉛板瓦頂，地面鋪上花磚。人家說不燒不發，果然災後重建，生意比以前更興旺起來。

從金魚胡同一進後門，迎面就是一個大水果攤，交梨火棗，紅紫爛漫，柔香襲人。果子價錢，自然比一般果勺子價錢略高，可是細色異品，貨色齊全，讓他敲一次竹槓，也就算了。

左手把門一家馥和煙行，不但各國名牌香煙，就是呂宋雪茄也是應有盡有。有一次顧少川任外交總長時，要買金馬蹄、紅馬蹄、藍馬蹄雪茄煙送人，找遍了東交民巷幾家大煙行都沒有貨，結果馥和這幾種牌子都有。他家不但賣呂宋香煙，而且代理三Ｂ跟敦赫爾牌煙斗，還賣打火機和用具，可以說凡是與抽煙的物品有關者，他家是一概俱全。

再往裡是一家鑲假珠假寶的首飾店叫美麗華，雖然賣的都是假水鑽，可是鑲工特別新穎、別致，而且堅實，尤其做點翠的簪環頭面更為拿手，所以梨園行四大名旦戲裝上用的頭面，十之八九都是在美麗華訂製。

一轉角是泰順居飯館，雖然他家只賣普通山東菜，可是他家做的褡褳火燒，餡子種類最多，油足味厚，頗受一般勞動人們的欣賞。

近鄰東亞樓，門面雖然不十分壯麗，可是北平的廣東飯館，只此一家。他家做的粉果特別出名。因為大梁陳三姑有一年趁旅遊之便，在東亞樓客串做過粉果，他家的粉果是用鋁合的托盤蒸的，每盤六隻，澄粉滑潤雪白，從外面可以窺見餡的顏色，餡鬆皮薄，食不留滓，只有上海虹口憩虹廬差堪比擬，廣州三大酒家都做不出這樣的粉果呢！

東亞對門是東來順，丁掌櫃從推手車子賣炰羊肉起，能混到蓋四層洋樓，櫃上用到一百幾十號人，自然有其經營之道。後櫃有一間茶爐房，是一間大敞廳，屋裡砌著洋灰桌椅，那裡水餃賣六分錢十隻，三分錢一大碗羊雜湯，確實造福了不少窮苦學生。有人說，丁掌櫃跟他的少東永祥對待員工太不夠厚道了。

市場正門右邊，火災之後，也翻蓋四層高樓，取名森隆。樓下一層，開了家稻香村，賣的純粹是蘇杭南貨，東夥都是蘇杭人，除了賣五香黃魚、素火腿、玫瑰瓜子、雲片糕、定勝糕、蘇糕、白糖梅子、去皮橄欖外，還賣紮蹄、滷鴨翅膀、鹹鴨肫、切片熟火腿、家鄉肉、整隻金華火腿等等，各種南貨，無一不備，有時還能買到平湖糟蛋、寧波鹹蟹、南翔黃泥螺一類特殊的食品。

二樓設中餐部，三樓是西餐部，四樓是素食部。有人說：京漢食堂、來今雨軒、擷英是中國式的西餐館，森隆的西餐簡直就是中菜西吃了。所以東城各王府或貴族等，都是該處西餐部的常客。素食部的主廚，是香廠六味齋的主廚跳過去的，蘭肴玉俎，尤為清絕，所以一到夏天，生意鼎盛，遠超中西餐的客人呢！

由後門往東直走，就是吉祥茶園了，戲臺因為是後蓋的，臺角兩邊沒有抱柱，在當時除了第一舞臺，它算是最時髦的園子了。園子裡的總管叫汪俠公，他出身是濤貝勒府的皇糧莊頭，能唱武生學楊小樓，《落馬湖・酒樓》一段唱學楊，比名票果仲禹還神似的。有時為了給吉祥園宣傳，也寫點劇評稿子，都是應節的戲評，年年如此，照抄不誤，劇評家景孤血、吳幻蓀送了他一個外號叫「留聲機」，可算謔而虐矣。汪俠公跟楊小樓、余叔岩是莫逆之交，跟四大名旦梅、尚、程、荀也都有深厚淵源，照梨園行的規矩，排一齣新戲，必定先在喜慶堂會唱一次，才在戲園子裡唱。小樓的《夜奔》、《寧武關》，蘭芳的《牢獄鴛鴦》、《嫦娥奔月》，慧生的《埋香幻》，都是破例在吉祥園先唱的，那就是私人的交情了。

吉祥園東邊有家飯館叫潤明樓，炸醬不出油、打滷不瀉是他拿手，雞絲拉皮削薄剁窄，雞絲帶皮，連東興樓都自愧不如。

右首有一家南方小吃館叫五芳齋（後改大鴻樓），生煎包子、蟹殼燒餅，他家是獨家生意，樓上蟹粉麵、雪筍肉絲麵、燻魚麵、大肉麵、脆鱔過橋麵，清醇味正，松毛湯包，跟玉華里的淮安湯包又各不同。

潤明樓前有一片空地，小吃攤鱗次櫛比，水爆肚、炸灌腸、豆汁、黃米麵炸糕、山西槓子頭、河間府肉包子、肉片豆腐腦、蘇造肉、羊雙腸，真是甜鹹酸辣，要什麼有什麼。

靠南邊相聲場子，趙藹如父子說相聲有葷有素，總要逗得聽眾哈哈大笑，才問大家打錢；假人摜跤，孩子們看完一場還不想走；拉洋片的《帶水箱》、《殺子報》、《刁劉氏》，鄉民百看不厭；天氣好沈三耍中幡，常寶忠、寶三摔跤賣大力丸，一天也能賺個百兒八十的辛苦錢。

一進金魚胡同，後門右首有一家中興絨線店，除了賣絨線外，其他一切日用雜貨、美容用品也無不備，市場別家商號說，中興再賣綢緞呢絨，可以改名綢緞莊了。說實在的，中興的東家傅新齋確實明敏幹練，所以他能服眾。

東安市場有「四大賢」，是明明照相館的張之達、森隆老闆辛桂春、慶林春店東林筱泉和前面提到的傅新齋。他們四位經市場內商販推舉為市場公益組合會理事，凡是場內有關公益，或是有吵鬧爭論的事，只要他們四位一出面，多麻煩的事沒有擺不平的，所以背後又有人稱之為「四大金剛」。

傅新齋除了原有絨線店外，又把樓上闢建了一家中興茶樓，有些老先生市場逛累了，到中興茶樓泡一壺好茶，找朋友殺盤棋，倒也深得閒中之趣。後來有一些大宅門的太太小姐們，在市場買了若干零碎東西，自己不好拿，就先存在櫃上了，只要跟櫃上交買賣，大包袱小籠還管您送到家。傅掌櫃的有一位把兄弟，原本是哈爾濱中東鐵路局西餐部大師傅，錢賺得夠份兒了，想起了落葉歸根，所以回到北平來養老，閒來沒事，就到中興茶樓坐坐。傅老闆認為老把兄閒著也是閒著，何不找一點營生幹幹，於是中興添上了賣咖哩雞飯，雞嫩汁濃，隨之又添上了炸鰍魚、煎牛扒、羅宋湯，簡直成了羅宋大菜了。

遭遇火災的丹桂商場重建之後，把丹桂茶園取消，又蓋了一座暢觀樓，一是正方形，一是長條形。暢觀樓中庭大半是舊書攤，有線裝古書，也有歐美原版散文、科技名著，此外還有各種陳年雜誌和學報。當年林語堂先生就在這些書攤發現有不少珍貴雜誌，後來都送給新加坡南洋大學圖書館了呢！

丹桂商場中間一條甬路，排滿了古董攤，什麼望遠鏡、放大鏡、照相機、各種在儀器行買不到的新式儀器、光怪陸離的座鐘掛錶、奇奇怪怪的悶殼錶、塗金錯銀的鼻煙壺、雕鏤金飾的香煙盒、海泡石蜜蠟雕刻精細的煙斗煙嘴、各國古錢硬幣等，您如果細心觀賞，可能發現更多的荊鼎楚彝、通犀翠羽，可遇而不可求的物事呢！

斜對中興茶樓，有一家專賣西點的葆榮齋，咖啡桃、氣鼓、拿破崙派，雖然手藝人都是山東老鄉，可是做出來的西點，鬆軟不滯，甜度適中，不讓法國麵包房專美。

葆榮齋外面一個攤位是賣香水的，除蚊驅穢，儷白妃青，味各不同，芳冽襲人，中人欲醉。

賣香水的緊鄰是一家賣梳頭篦子、骨頭簪子、刨花刷子的，他是一位好話沒好說的河北南宮人，逛市場的人都知道他脾氣戛古，都不敢招惹他，說不定他一天能跟顧客吵上三次五次架。恰巧他的芳鄰是一位善於排難解紛的老道，提起這位老道，也是東安市場有名人物，他的卦棚取名「問心處」，老道長得硼中彪外，實大聲洪，有人叫他笑老道，有人稱他活神仙，他都坦然承受，大家就是問不出他的真實姓名來。他精於子平、卜卦，還通曉紫微斗數，禮金因人而定。每天當門而坐，桌上羅盤飛星，擦得蹭光瓦亮，先不談他算命準不準，就是他那套黃銅工具足夠唬人的了。

再過去是一個只賣豌豆黃、綠豆黃的老者，人都叫他假太監，據說他在清宮點心房當過差，一臉上人見喜的笑容，各府邸的人經過，他會請安打扦，他的攤每天下午要到三點才擺出來，夾棗泥的豌豆黃，三四十盤子，一搶就光。他跟正街豐盛公奶茶鋪在市場裡都是獨家生意，他家除了奶餑餑，還有鴛鴦奶捲，最好是奶烏他。門框胡同那家奶茶鋪酪是不錯，可是吃奶烏他，只有豐盛公了。

市場橫街有一家德昌照相館，樓下僅容一人坐櫃臺，一轉身就得上樓，樓上玻璃罩棚、大型攝影機，無一不全。別看他家樓下沒有門面，可是樓上非常寬敞豁亮，大概東北城大、中、小學畢業照相同學錄，十有八九都照顧德昌。明明照相館的張之達說，德昌做生意真有一套，別家照相館每天能有德昌十分之一生意，就夠嚼穀啦！

往南花園去，還有一棟木造樓房，進門左右兩邊都是慶林春。一邊賣福建漆盒，嫁女兒總要買兩對添添妝，此外各種花茶，也不比東鴻記、張一元差。有些福州老鄉，非喝慶林春茶葉不可，他家的雙薰，因為福建茉莉花柔香馝馞，跟別家確有不同。右邊櫃臺以賣肉鬆、紅糟為主，各式的甜點心如光餅、到口酥、蜂糕生意也不錯呢！

樓上有一家小食堂，光顧的都是男、女大學生，八毛錢一客西餐，儘管放心大嚼，或者來一盤奶油栗子麵或是叫杯冰咖啡，足夠情侶們泡上半天的。

樓上坐北朝南有一排房子，有兩家畫炭畫的，還有幾家裱畫店，其餘就是各鋪戶的堆房了。

樓上緊鄰樓口，是一家大耍貨店，掌櫃的白雲生，自己能設計，還會動手，若干飛禽走獸的標本都是他的傑作。門面雖然不大，可是屋裡堆滿各式各樣大小玩具。據說他銷到歐美的玩具，每年要換得兩三百萬美金外匯呢！

出了大樓，就是南花園了，有幾家做絨花、鬢花的，每年過年之前，把做好的絨花拿到財神廟、白雲觀去賣，一年的開銷在一個正月就能賺出來了。

南花園北牆根，有一位賣蟈蟈葫蘆的老者，他每年夏末秋初賣蟋蟀、蟈蟈、金鈴子一類草蟲，他憑若干年的經驗，蟋蟀、蟈蟈都能過冬。冬天他穿著老羊皮襖，向陽一坐，此時秋蟲爭鳴，非常好玩。他的蟈蟈葫蘆都是自己精心培育長成的，有方有圓，能大能小，在葫蘆發育時，他用絲繩紮成各種形狀，等葫蘆固定後就成了。宮中有錢的太監，都是他固定主顧，等秋蟲一上市，東北城各王府喜歡養蟋蟀的公子哥兒們，一買就是二三十頭。為了讓蟋蟀搏鬥，一定要「生口」，沒有下過圈的。有一年余叔岩在安徽花園挖到一隻銀頭大將軍，幾次下圈，已經給余老闆贏了近千包茶葉。紅豆館主的令兄溥倫買了一隻毫不起眼的蟋蟀，結果兩蟲一對陣，咬了四五嘴，銀頭大將軍就有怯意，兩者一翻身，竟把大將軍咬得落了胯。從此葫蘆趙的聲名大噪，凡是玩秋蟲的，只要蛐蛐一上市，總要到市場南花園尋摸尋摸，葫蘆趙反而成了東安市場一寶啦！

南花園還有一怪，是花兒匠陳筆，在園子正中搭了一座花棚子，棚子裡也沒有什麼上等鮮花，可是他有一樁不為人知的特長，就是擅做盆景。他在德勝門裡積水潭有一片大花圃，裡頭養了有四五百盆大小盆景，其中有兩人合拉不過來的古木枝椏，也有飛瀑流泉的水盤。當年他曾經給朗貝勒府毓朗做過盆景，一座萬木千岩，一座太液春寒，代價是八千塊大洋，在當時，這個價碼是足以讓人咋舌的了。

花園東邊有一排二層樓的集賢球房，窗寬室明，長廊高拱，樓下打地球（現在叫保齡球），共有六條球道，在當時算是最大的球房了。樓上打台球，有二十幾架球臺，歐式、美式球臺全有，記分員都是女性。如果您去打球，沒有球伴，她們也可以陪您打兩盤；如果是熟人，還可以把記分員帶出去玩玩，照規矩要把兩枝球桿交叉式放在球臺上，帶出多久，照鐘點計費。當年賓宴華樓球房有一位記分員，大家都叫她龜頭，不但球藝超群，而且逴躒多姿，善伺人意。後來他們兩家因為爭奪龜頭，幾乎鬧出人命，幸虧她被某督軍的公子量珠載去，才結束了這樁公案。

東安市場還有一個特點，是有兩家清唱的票房，設在正街樓上的叫舫興，南花園的叫德昌。舫興把兒頭黃錫五，早年給劉鴻升戲班裡充硬裡子老生，會的玩藝還真多，可惜口齒不太清楚。自劉鴻升去世，他無班可搭，因為人極四海，所以伶、票兩界認識熟人很多。德昌茶樓是由曹小鳳主持，曹原本是相公堂子出身，跟老一輩伶工吳彩霞、芙蓉草、裘桂仙都是好朋友，唱青衣有工半調實力，他跟尹小峰、于景枚一齣《二進宮》，彼此對啃，能賣滿堂。協和醫院有一個票房，青衣楊文雛、趙劍禪，鬚生陶畏初、管紹華，老旦陶善庭，花臉張稔年、費簡侯，小丑張澤圃都不時到德昌，加上奚嘯伯也時常去捧場，幾乎天天客滿，到了星期天，名票來得多，居然有人泡一壺茶，在窗外頭站著聽的。

舫興那邊以陶默厂、楊小雲為臺柱，再加上邢君明、關麗卿、李香匀、臧嵐光、孟廣亨、關醉蟬、胡井伯、柏豔冰等老少名票輪流捧場，每天上座，也是滿坑滿谷。陶默厂一齣《鳳還巢》、一齣《宇宙鋒》是她的絕活兒，有一次梅畹華在森隆吃晚飯，聽了陶默厂幾句慢板，認為她嗓音清脆能夠及遠，水音特佳，是個可造之才，可惜身量嫌矮了一點，影響扮相，沒有大紅大紫。每逢舫興、德昌兩家一唱對臺好戲，連吉祥戲院也會受到影響，除了楊小樓、馬連良幾位超級名角外，如王玉蓉、新豔秋一類坤角都怕舫興、德昌兩家彼此卯上，影響園子上座。

我的朋友王獻達大學畢業論文，教授指定他寫東安市場，後來他那篇論文還譯成英文、法文在普度大學、巴黎大學發表。當他寫論文時節，知道我對東安市場事物比較熟悉，約我幫他採訪，所以事隔五十多年，我對東安市場始終留有深刻印象。

現在北平一切都變了，聽最近回過大陸的人說，東安市場這個名字前幾年已被取消，改名東風市場，建築也都改成一塊一塊的小屋子，從前好吃好喝、好瞧好玩的物事也都蕩然無存。要不是我腦子裡還存留有若干印象，將來找一位說天寶遺事的白頭宮女，恐怕還沒有呢！

唐魯孫先生作品介紹

(1)老古董

本書專講掌故逸聞，作者對滿族清宮大內的事物如數家珍，而大半是親身經歷，所以把來龍去脈說得詳詳細細。本書有歷史、古物、民俗、掌故、趣味等多方面的價值，更引起中老年人的無窮回憶，增進青年人的知識。

(2)酸甜苦辣鹹

民以食為天，吃是文化、是學問也是藝術，本書作者是滿洲世家，精於飲饌，自號饞人，是有名的美食家。又作者足跡遊遍大江南北，對南北口味烹調，有極細緻的描寫、有極在行的評議。本書看得你流口水，愈看愈想看，是美食家、烹飪家、主婦、專家、學生及大眾最好的讀物。

(3)大雜燴

作者出身清皇族，是珍妃的姪孫，是旗人中的奇人，自小遊遍天下，看得多吃得多，所寫有關掌故、飲饌都是親身經歷，「景」「味」逼真，《大雜燴》集掌故、飲饌於一書。

(4)南北看

作者出身名門，平生閱歷之豐、見聞之廣，海內少有。本書自劊子手看到小鳳仙，自衙門裡的老夫子看到盧燕，大江南北，古今文物，多少好男兒、奇女子，異人異事……一一呈現眼前，是一部中國近代史的通俗演義。

(5)中國吃

本書寫的是中國人的吃，以及吃的深厚文化，書中除了談吃以外並談酒與酒文化、談喝茶、談香煙與抽煙，文中一段與幽默大師林語堂先生一夕談煙，精彩絕倫不容錯過。

(6)什錦拼盤

本書內容包羅萬象，除談吃以外從尚方寶劍談到王命旗牌，談名片、談風箏、談黃曆、談人蔘、談滿漢全席……文中作者並對數度造訪的泰京「曼谷」不管是食、衣、住、行各方面均有詳細的描述。

(7)說東道西

《說東道西》是唐魯孫先生繼《老古董》、《酸甜苦辣鹹》、《大雜燴》、

《南北看》、《中國吃》、《什錦拼盤》之後又一巨獻。

他出身清皇族，交遊廣，閱歷豐。本書從磕頭請安的禮儀談到北平的勤行，由蜀山奇書到影壇彗星阮玲玉的一生，自山西麵食到察哈爾的三宗寶……所論詳盡廣泛，文字雋永風趣，是一部中國近代史的通俗演義。

(8)天下味

本書蒐羅了作者對故都北平的懷念之作，除了清宮建築、宮廷生活、宮廷飲食介紹外，對平民生活的詳盡描述，也引人入勝。收錄了作者對蛇、火腿、肴肉等山珍，以及蟹類、臺灣海鮮等海味的介紹，除了令人垂涎的美味，還有豐富的常識與掌故。更暢談煙酒的歷史與品味方法，充分展現其博學多聞的風範。此外另收〈香水瑣聞〉與〈印泥〉兩文，也是增廣見聞的好文章。

(9)老鄉親

唐魯孫先生的幽默，常在文中表露無遺，本書中也隱約可見其對一朝代沒落所發抒舊情舊景的感懷，無論是談吃、談古、談閒情皆如此，但其憂心固有文化的消失殆盡，在在流露出中國文人的胸襟氣度。

(10)故園情(上)

凡喜念舊者都是生活細膩的觀察者，才能對往事如數家珍。故園情上冊有唐魯孫先生的記趣與評論，舉凡社會的怪現象、名人軼事、對藝術的關懷，或是說一段觀氣見鬼的驚奇，皆能鞭辟入裡栩栩如生。

(11)故園情(下)

喜歡吃的人很多，但能寫得有色有香有味的實在不多，尤其還能寫出典故來，更是難能可貴。唐魯孫先生寫的吃食卻能夠獨出一格，不僅鮮活了饕餮模樣，更把師傅秘而不傳的手藝公諸同好與大家分享。

(12)唐魯孫談吃

美食專家唐魯孫先生，不但嗜吃會吃也能吃，無論是大餐廳的華筵餕餘，或是夜市路邊攤的小吃，他都能品其精華食其精髓。本書所撰除了大陸各省佳肴，更有臺灣本土的美味，讓人看了垂涎欲滴。

老鄉親 / 唐魯孫著. -- 四版.-- 臺北市：大地,
2020.04
面： 公分. --（唐魯孫先生作品集；9）

ISBN 978-986-402-334-9（平裝）

863.55 109002430

老鄉親

唐魯孫先生作品集 09

作　　者｜唐魯孫
發 行 人｜吳錫清
主　　編｜陳玟玟
出 版 者｜大地出版社
社　　址｜114台北市內湖區瑞光路358巷38弄36號4樓之2
劃撥帳號｜50031946（戶名：大地出版社有限公司）
電　　話｜02-26277749
傳　　眞｜02-26270895
E - mail｜support@vastplain.com.tw
網　　址｜www.vastplain.com.tw
美術設計｜博客斯彩藝有限公司
印 刷 者｜博客斯彩藝有限公司
四版一刷｜2020年4月

大地

定　　價：280元

Printed in Taiwan